Yilin Classics

JULES VERNE

经/典/译/林

Le tour du monde en quatre-vingts jours

八十天环游地球

[法国]儒尔 · 凡尔纳　著

白睿 译　曹德明 校

译林出版社

图书在版编目（CIP）数据

八十天环游地球／（法）儒尔·凡尔纳著；白睿译，曹德明校．
—南京：译林出版社，2019.4（2024.1重印）
（经典译林）
ISBN 978-7-5447-7586-1

Ⅰ.①八…　Ⅱ.①儒…　②白…　③曹…　Ⅲ.①科学幻想小说
－法国－近代　Ⅳ.①I565.44

中国版本图书馆CIP数据核字（2018）第258815号

八十天环游地球［法国］儒尔·凡尔纳／著　白　睿／译　曹德明／校

责任编辑　唐洋洋　冯一兵
装帧设计　陈天岷
校　　对　蒋　燕
责任印制　董　虎

原文出版　Editions Jean-Claude Lattès, 1987
出版发行　译林出版社
地　　址　南京市湖南路1号A楼
邮　　箱　yilin@yilin.com
网　　址　www.yilin.com
市场热线　025-86633278
排　　版　南京展望文化发展有限公司
印　　刷　江苏凤凰盐城印刷有限公司
开　　本　880毫米×1240毫米　1/32
印　　张　8.125
插　　页　4
版　　次　2019年4月第1版
印　　次　2024年1月第11次印刷
书　　号　ISBN 978-7-5447-7586-1
定　　价　32.00元

译 序

八十天环游地球？需要八十天吗？在科技突飞猛进的今天，速度为六马赫的高超音速飞行器六小时内就可环绕地球一周。而如果你乘坐民航飞机从伦敦出发，向东飞行，绕地球一周再回到伦敦，也只需要两天左右的时间。即便是乘坐火车和轮船，也不用八十天，因为现在的火车和轮船的速度已大大提高。可是，在一个多世纪以前，在还没有飞机的19世纪70年代，当人们还以马车、雪橇、轮船、火车……作为代步工具的时候，要想在短短的八十天之内环球一周，怎能不让人惊叹和佩服。

完成此举的这个人，就是费雷亚斯·福格。这件事就发生在1872年的伦敦。

由于英国国家银行的一次失窃，福格和改良俱乐部的会友以两万英镑作为赌注，打赌可以在八十天里环游地球一周。为了证实这一推算的准确性，福格带着刚刚雇用的，绰号叫万事通的仆人立刻启程从伦敦出发，开始了这次不可思议的环球旅行。

福格设想的旅行路线是这样的：乘火车先到苏伊士运河，在这里乘船到印度，然后坐火车横穿印度，来到中国的香港，再乘船到日本，接着到美国，坐火车穿过美国，最后再回到伦敦。在此期间，他必须分秒不差地从一个地方赶到另一个地方，只有始终准确无误才能保证按时回来。

事实是怎样的呢？看看这位性格冷僻、精确准时的绅士在旅途中遇到的事情吧:遭人跟踪、置身荒村无路可走、舍身救人、与恶僧对簿公堂、遭暗算误了轮船、遇风浪海上搏击、与仆人失散、勇斗劫匪、救仆人身赴险境、燃料告急海上经受考验、疑为窃贼海关被囚……

几乎所有的意外和困难都被福格不幸遇到了,就算他临危不惧,冷静守时,他也无法预料旅途上所发生的所有的事情。更何况,还有一位名叫菲克斯的侦探始终跟在他身边不停地设置障碍,虎视眈眈一心想把他捉拿归案,其原因是他与警方描述的疑犯的外貌特征惊人地相似。然而,所有的困难都没有难倒福格,他总能在危难关头找到问题的解决办法,一次次神奇地化险为夷、摆脱困境:买大象穿越密林赶火车、英雄救美赢得美人心、花重金取保候审摆脱官司、高价雇航船渡海赴日本、机缘巧合与仆人重聚、英勇御敌战劫匪、坐雪橇穿越冰原、烧轮船解燃眉之急、消除误会重获自由……

这是一位怎样的绅士呀!他的镇定自若、慷慨大方、勇敢机智和善良细心给每一个人都留下了深刻的印象;正是他身上的这些异乎寻常的优秀品质使他每次均能逢凶化吉、转危为安,最后胜利完成旅行;那个侦探则是一个意外卷入这次旅行中的特殊人物,他固执多疑、急功近利、精于算计,但却忠于职守,出于职责和贪心,他一路跟踪福格,被迫也进行了一次环球旅行。他想方设法处处给福格制造麻烦,阻止他顺利完成计划,但他的计谋却一次次落空;而那个叫万事通的法国小伙子则为这次旅行增添了不少笑料;他诚实勇敢、身怀绝技、正直善良,但却容易上当受骗,他既为主人化解了不少危机也为主人制造了不少麻烦,他的加入使这次旅行变得趣味横生;还有一位人物虽然话语不多,但却有着举足轻重的地位,她就是福格舍身搭救的阿妩达夫人,也是后来的福格夫人。她光彩照人、温柔高雅、善解人意,一直在福格身边从精神上支持他、鼓励他坚持到胜利。有了她的陪伴,这次环球之旅也变得浪漫多情和温情脉脉了。

故事的结局当然是如人所愿:福格赢得了这次打赌,并且找到了他一生的伴侣。

《八十天环游地球》的叙事技巧并不复杂,福格的这次旅行其实是和侦探菲克斯的被动旅行同时平行展开的两条叙事线,这两条线既平行发展又交错交汇,交叉点就是故事的冲突点,也是故事的出彩之处。而万事通和阿妩达都是福格旅行这条线上的两个小分支,他们的故事为全文增色不少。每一次冲突都为故事掀起了一个小高潮,福格的每次遇险也都让人紧张万分,尤其是小说的最后一部分:就在福格眼看胜利在望的时候,他偏偏被关在海关,当他被放出来时,耽误的时间已经太多,没有可能准时赶回伦敦了。读者都以为福格已经输掉这次打赌了,可谁都没有料到,万事通发现他的主人居然算错了日期,于是福格又出人意料地赢得了打赌。全文就是这样在一次又一次的意外中让读者体会到了惊险和刺激的。

这个故事的作者就是被誉为"科学幻想小说之父"的法国作家儒尔·凡尔纳。

凡尔纳于 1828 年 2 月 8 日出生在法国西部的小城南特。父亲希望他成为一名律师,但是他却对文学十分痴迷。他在巴黎学习法律的时候结识了大仲马父子并和他们成为了好朋友。刚开始,他尝试写一些戏剧和诗歌,在 1863 年,他发表了《气球上的五星期》,并获得了巨大的成功。从此他的创作一发而不可收,先后发表了《地心游记》、《从地球到月球》、《环游月球》、《海底两万里》、《神秘岛》等等大家耳熟能详的作品。他的作品总是充满了异乎寻常的想象,一会儿钻入地下、一会儿潜入海洋、一会儿飞上天空……每个故事都生动幽默、曲折有趣,他的语言简洁传神、通俗易懂,他刻画的人物形象鲜明、栩栩如生。他的每一部作品都洋溢着对科学的热爱和对神秘宇宙的探索欲望。

最值得一提的是,凡尔纳的这些想象并不是毫无根据的胡思乱想;在他生活的时代,牛顿的万有引力定律已得到广泛认可,天文学和天体力学都有了许多新的发展,而他对这些新的科技知识都十分熟悉,他在自己作品中的种种构想和计算都是基于对当时最新科技的了解,是有科学依据的设想。他在作品中提出了种种设想和可能,譬如潜艇、潜水服、太空旅行等等,而这些都被后人一一实现了。尤其巧合的是,在《从地球到月球》这部一百多年前发表的小说中,凡尔纳曾描写了一个发射炮弹飞船的坦帕城,如今,这座城距今天美国的卡纳维拉尔角宇航中心只有二百四十公里;他在小说中写到一只小狗最先到太空遨游,而事实上人类在飞上太空之前确实先送了一只小狗进行航天试验;小说中的航天飞机叫哥伦比亚号,美国第一架飞上太空的航天飞机也恰巧叫哥伦比亚号。所有这些巧合给人类宇航活动罩上了一层神秘的色彩。在他的小说《海底两万里》中,凡尔纳为读者描述了一艘“鹦鹉螺”潜艇,其实当时世界上并没有真正意义上的潜水艇,但他的描述逼真细致,不仅让读者如痴如醉,事实上也给后来的工程师们在制造真正实用的潜艇以有益的启发。正如他所说,只要有人能想象出来的事情,以后必定有他人实现。从这个意义上说,凡尔纳不愧是天才预言家。

在名家荟萃的法国文坛,凡尔纳的语言不如雨果的那么气势磅礴,也不如莫泊桑和福楼拜的那么洗练细腻,更不如巴尔扎克的那么精确尖锐,但是他的小说却比其他作家的多了些激情和幻想,他的创作空间也比其他作家的要广阔得多——不仅仅局限在法国本土和世界各地,而是扩展到了整个宇宙。在他的一次次凭空想象的历险中,读者随着他上天入地、陆地海洋任意遨游,你可以见到各种各样非同寻常的人与事,体会到各种各样的感受和刺激,你的思绪也跟随着他驰骋在无边无际的浩瀚宇宙之中。

这就是凡尔纳带给读者的特殊享受,也是凡尔纳在法国乃至世界文坛独树一帜的原因。所以,喜欢科幻小说的读者,也一定会追随作者作这一次充满挑战与刺激的《八十天环游地球》旅行。

CONTENTS · 目录

第 一 章　费雷亚斯·福格和万事通主仆相认 …………………… 1

第 二 章　万事通坚信他终于找到了理想的工作 …………………… 7

第 三 章　一次让福格付出沉重代价的谈话 …………………… 11

第 四 章　福格把他的仆人万事通吓得目瞪口呆 …………………… 19

第 五 章　伦敦市场上出现了一种新的股票 …………………… 24

第 六 章　难怪侦探菲克斯焦急万分 …………………… 28

第 七 章　查验护照对侦探并没有什么帮助 …………………… 33

第 八 章　万事通的话似乎有些多 …………………… 37

第 九 章　福格顺利渡过红海和印度洋 …………………… 42

第 十 章　万事通虽然丢了鞋子但是幸亏逃掉了 …………………… 48

第十一章　福格花高价买了一头坐骑 …………………… 54

第十二章　福格和他的同伴冒险穿越密林和随之发生的事 ……… 63

第 十 三 章　万事通再次证明幸运总是青睐勇敢者 …………………… 71
第 十 四 章　福格沿着迷人的恒河山谷而下,却无心赏景 ………………… 79
第 十 五 章　那个装钞票的包里又少了几千英镑 ……………………… 86
第 十 六 章　菲克斯假装什么都不知道 …………………………… 94
第 十 七 章　从新加坡到香港途中发生的事情 ……………………… 100
第 十 八 章　福格、万事通和菲克斯各行其是 ……………………… 107
第 十 九 章　万事通极力为主人辩护 ……………………………… 112
第 二 十 章　菲克斯和福格正面交锋 ……………………………… 120
第二十一章　"唐卡德尔号"船主险些失去两百英镑奖金 ……………… 128
第二十二章　万事通深有体会,不论身在何处口袋里都要有钱 ……… 137
第二十三章　万事通的鼻子变得奇长无比 ………………………… 144
第二十四章　横渡太平洋 ………………………………………… 152
第二十五章　旧金山大会一瞥 …………………………………… 159
第二十六章　乘坐太平洋铁路公司的高速列车 ……………………… 167
第二十七章　万事通在时速二十英里的火车上听了一堂摩门教
历史课 ………………………………………………… 173
第二十八章　万事通无法让人明白他的道理 ………………………… 180

第二十九章　只有在联合铁路上才会碰到的怪事 ………………… 190

第 三 十 章　福格仅仅做了分内之事 ……………………………… 198

第三十一章　侦探菲克斯认真地为福格着想 ……………………… 206

第三十二章　福格和坏运气作坚决斗争 …………………………… 212

第三十三章　福格渡过了难关 ……………………………………… 217

第三十四章　万事通有机会说了一句风凉话 ……………………… 226

第三十五章　无需主人吩咐两遍,万事通立刻执行命令 ………… 230

第三十六章　“福格”股在股市又有了价值 ……………………… 236

第三十七章　福格的这次环球旅行除了幸福什么也没得到………… 240

第一章

费雷亚斯·福格和万事通主仆相认

1872 年,塞维尔街七号的伯灵顿花园里[①],住着一位费雷亚斯·福格先生。虽然他似乎尽量不去做任何引人注目的事,但他仍然是伦敦改良俱乐部[②]里最特别、最惹眼的人物。

以前住在这里的施尔顿是位引誉英国的伟大的演说家。继他之后入住此处的这个费雷亚斯·福格却是个神秘人物。人们对他一无所知,只知道他彬彬有礼,是位英国上流社会的英俊绅士。

有人说他长得像拜伦[③]——不过只是脑袋长得像,而脚却不像,因为他的脚无可挑剔。不过这是个长着小胡子和络腮胡子的拜伦、毫无表情的拜伦,是个活到一千岁都不显老的拜伦。

费雷亚斯·福格肯定是英国人,但可能不是伦敦人。伦敦的交易所、银行、城里的任何一个商行,从来就没有见过他的人影;伦敦的任何一个港口或码头也从未停泊过一艘费雷亚斯·福格先生的船;这位绅士没有参加任

① 1814 年,英国剧作家和政治家施尔顿(1751—1816)就是在这所房子里去世的。

② 改良俱乐部:19 世纪英国辉格党的俱乐部,成立于 1830 年。

③ 拜伦(1788—1824):英国著名诗人,是个瘸子。

何一个行政委员会；无论在任何律师协会、伦敦四法学会的中院、内院，还是在林肯院、格雷院中都从未听到过他的名字；他也从未在大法官法庭、女王御前审判庭、财政审计法院和教会法院里打过官司；他既不是实业家，也不是批发商，既不经商，也不务农；他既未加入大不列颠皇家学会，也未加入伦敦学会；既不是手工业者协会的会员，也不是罗素协会的会员；不管是西方文学学会，还是法学会，或是仁慈的女王陛下直接庇护下的科学艺术联合会里，都没有这样一个成员。总之，从亚莫尼卡协会到以消灭昆虫为宗旨的昆虫协会，在这些遍布英国首都的众多协会中，他没有参加其中的任何一个。

费雷亚斯·福格先生只是改良俱乐部的成员，仅此而已。

这样一个神秘的绅士又是怎么跻身这个荣誉会所的呢？怀有这种疑问的人得到的回答是，他是经巴林兄弟推荐的。费雷亚斯·福格先生在巴林兄弟的银行里有账户，由于他的账面始终都有存款，而且他开的支票总是照单即付，所以赢得了良好的信誉。

这个费雷亚斯·福格先生很有钱吗？是的，毫无疑问。可他是怎么发财的呢？这件事连那些消息最灵通的人也说不出个所以然，只有福格先生自己最清楚，所以最好的方法就是向他本人打听。他从不挥霍，也不吝啬，无论哪里的公益或慈善事业缺少经费，他都会悄悄捐钱，甚至不留姓名。

总之，没有人比这位绅士更不爱交际了。他总是尽量少说话，这使他显得更加神秘莫测。但是由于他的生活是那样有规律，每天都做同样的事情，总是精确无误，不免让那些好奇心不能满足的人妄加猜测。

他出门旅行过吗？很有可能，因为没有人比他更熟知世界地理。即便是再偏僻的地方，他似乎都十分了解。有时，他只说了简单明了的寥寥数语，就能澄清俱乐部里流传的关于旅行者失踪或迷路的种种流言；他会指出事情的各种可能性，而事情的结局总能证实他的分析是对的，就好像他有千里眼一样。这个人一定到过世界各地——至少他在想象里曾游遍世界。

不过有一点十分肯定。多年以来，费雷亚斯·福格先生从未离开过伦敦。那些比一般人对他了解稍微多一点的人可以证实：除了他每天走的那条从家到俱乐部的直路之外，没人能说出在其他什么地方见过他。他唯一的消遣就是看报纸和打惠斯特[①]。这种安静的游戏十分符合他的天性。所以他常赢钱，但是他赢来的钱从不落入自己的腰包，而是作为慈善开支预算中的一个重要部分。另外，必须指出的是，福格先生纯粹是为打牌而打牌，绝不是为了赢钱。这个游戏对他来说就是一次战役，是对困难的斗争，是不需要身体运动的斗争，既不必走动，也不会疲劳，这很合他的胃口。

众所周知，费雷亚斯·福格先生没有妻小——这种情况可能发生在那些最老实的人身上；他也没有亲戚朋友——这种情况在实际生活中就比较罕见了。他一个人住在塞维尔街的房子里，没有任何人进过这所房子。他的私生活也从未被人谈起。他家里只有一个仆人。他的午饭和晚饭都在俱乐部吃，准时准点，在同一个房间里、在同一张饭桌前；他从不请会友吃饭，也不招待外人；每天都是在午夜准时回家，仅仅是为了睡个觉，他从不享用改良俱乐部为会员提供的那些舒适的卧房。一天二十四小时，他有十个小

① 惠斯特：扑克牌的一种打法，桥牌的前身，通常有四人参加，两人一组，打牌时必须保持安静。

时在自己家里，不是在睡觉，就是在梳洗。他要是散步，也只是踱踱方步而已，或是在俱乐部门厅那细木镶嵌的地板上，或是在俱乐部的回廊里。这个回廊上部是一个蓝花玻璃拱顶，下部由二十根希腊爱奥尼式①的红云斑石柱支撑着。无论是晚饭还是午饭，俱乐部的厨房、食品储藏室、配膳室、鲜鱼供应室和牛奶房都会为他送来美味佳肴；那些身着黑礼服、脚穿软绒底鞋、神情庄重的侍应生总会为他端上一套别致的瓷制餐具，放在萨克斯出产的漂亮桌布上；他喝的雪梨酒、葡萄牙波尔图葡萄酒以及掺有香桂皮、香蕨和肉桂的粉红葡萄酒总是被盛在那些模子已经失传的珍贵的水晶酒杯里；他喝的冰镇饮料绝对清凉可口，因为那里面加有俱乐部专门从美洲湖泊里运来的新鲜冰块。

如果这样生活的人是个怪人，那么应当承认这种怪也有它的好处！

塞维尔街的这套房子虽不算富丽堂皇，但却格外舒适。另外，由于房主的生活习惯总是一成不变，仆人也就很少有事做。但是，费雷亚斯·福格要求他唯一的仆人做事必须恪守时间，而且要绝对有条不紊。就是10月2日那天，他辞退了他的仆人詹姆斯·福斯特——因为这个小伙子端给他的刮胡子用的热水是华氏八十八度而不是他要求的八十四度。现在他在等候接替这个小伙子的新仆人，这个人应该在十一点到十一点半之间到。

福格先生端端正正地坐在安乐椅上，双脚并拢，像要接受检阅的士兵，双手抚膝，挺胸昂头，盯着挂钟的指针——这个挂钟相当复杂，它能指示小

① 爱奥尼式：古希腊时期一种柱子的样式，十分美丽。由小亚细亚的爱奥尼人创建，后来发展为更完美的典型建筑。

时、分钟、秒钟、日期、月份和年份。按照福格先生的习惯，十一点半的钟声一响，他就要离开家到改良俱乐部去。

这个时候，福格先生在小客厅里听到有人敲门。

那个被辞退的詹姆斯·福斯特走了进来。

“新仆人来了。”他说。

一个三十多岁的小伙子走了进来，向福格先生行了个礼。

“你是法国人，叫约翰，对吗？”福格先生问道。

“我叫让，如果先生不介意的话，”新来的人答道，“就叫我让·万事通好了，万事通是我的外号，这说明我天生就很会办事。先生，我认为自己很诚实，坦白地说，我干过多种行当。我当过流浪歌手、马戏演员，我能像莱奥塔尔那样表演高空特技，像布隆丹那样表演钢丝舞蹈；后来为了能更充分地发挥我的才能，我去当了体操教练；前不久，我还当过巴黎消防队的中士，在我的档案里，甚至有好几次扑灭大火的记录呢。不过，我离开法国已经五年了，因为我想体会一下家庭生活，所以我在英国给别人当贴身仆人。现在，我没有工作，我听人说费雷亚斯·福格先生是英国最守时、最喜欢待在家里的人，所以我才来到您这里，希望能在这儿安安静静地做事，忘掉一切，连万事通这个名字也忘掉……”

“万事通很合我的口味，”福格先生说，“别人向我介绍过你的情况，我知道你的不少优点。你知道在我这里做事的条件吗？”

“知道，先生。”

“很好，你的表现在几点了？”

“十一点二十二分。”万事通从他背心的小口袋里掏出一只大银表，回答道。

“你的表慢了。”福格先生说。

“请您原谅,不过这不大可能。”

“你的表慢了四分钟。不过没关系,你只要记住相差的时间就行了。好吧,从现在起,1872 年 10 月 2 日星期三上午十一点二十九分,你就是我的仆人了。”

费雷亚斯·福格先生说完后便站了起来,左手机械地拿起帽子戴在头上,一言不发地离开了家。

万事通听到第一声门响:这是他的新主人出去了;然后第二声门响:这是他的前任,詹姆斯·福斯特出去了。

塞维尔街的房子里只剩下了万事通一个人。

第二章

万事通坚信他终于找到了理想的工作

刚开始万事通有些吃惊，他自言自语道："我敢发誓，我在蒂索夫人蜡像馆见过的那些'先生'简直和这个新主人一模一样！"

这里要说明一点，那些"先生"是一些蜡像，蜡像馆就在伦敦市，来这里参观的人络绎不绝，这些蜡像做得太逼真了，就只差能开口说话了。

就在刚才初次接触的短短几分钟里，万事通已经快速但却用心地观察了他的这位新主人。这个人大约四十岁左右，英俊潇洒，高高的个儿，略有些胖，但丝毫不影响他的风度；他有着金色的头发和胡须，光滑的前额，连鬓角都没有一丝皱纹；他的脸色并不红润，反而有些苍白，牙齿出奇的洁白整齐。他似乎达到了那些相士所说的"动中犹静"的最高境界，具有那些少说多做的实干家的共性。他镇定、冷静、目光炯炯有神、说话时眼皮一眨不眨，是冷漠无情的英国人的杰出代表，这些人在英国处处可见，安热丽卡·考夫曼①曾用她那传神妙笔勾画出他们那副学究的样子。从他日常的行为来看，这位绅士给人一种印象：他一举一动都四平八稳、不倚不斜，就像勒鲁瓦

① 安热丽卡·考夫曼（1720—1807）：瑞士著名女画家。

和艾恩肖的精密计时器一样准确。事实上,福格先生就是准确性的化身,这一点从他手和脚的动作上就可以很清楚地看出来。因为,人和动物一样,四肢本身就是表达感情的器官。

费雷亚斯·福格先生是个精密准确的人,他总是不慌不忙、从容不迫,举手投足恰到好处,一点不多一点不少。他从不多迈一步,总是挑最近的路走。他从不看天花板一眼,也从不做一个多余的手势,从没激动和困惑过。他是世界上最不着急的人,然而却能一贯准时。不过,他独自生活,与世隔绝还是可以理解的。他觉得生活中免不了和人交往,而交往总会误事,所以他不和任何人交往。

至于让,就是万事通,是一个地道的巴黎人,自从他来英国当跟班以来,从没碰上一个牢靠的主人。

万事通完全不是弗龙坦[①]或马斯卡里勒[②]那样的人,那些人只不过是些趾高气昂、目空一切、冷漠无情的无耻之徒罢了。万事通绝不是这样的人。他是一个正派的小伙子,他的长相很讨人喜欢,嘴唇翘翘的,好像随时准备品尝什么东西或亲吻什么人似的;他性情温和、做事勤快,肩膀上长着一颗可爱的圆脑袋,就像你的一位朋友一样亲切;他的眼睛蓝蓝的,满面红光,胖得自己都可以看到颧骨;他胸阔体宽、身材魁梧、肌肉结实,而且力大无比,这些都是锻炼的结果。他那棕色的头发有些乱蓬蓬的。如果说古代的雕塑家懂得梳理密涅瓦[③]头发的十八种技艺,那么万事通只会一种:拿起粗齿梳

① 弗龙坦:18 世纪法国喜剧中的一个丑角,是一名仆人。
② 马斯卡里勒:莫里哀喜剧中的一个丑角,也是一名仆人。
③ 密涅瓦:罗马的智慧女神。

子，唰唰唰三下就梳好了。

再不谨慎的人也不会说这个小伙子外露的性格能和费雷亚斯·福格的性格合得来。万事通能成为符合主人要求的守时的仆人吗？我们只有等到主人要他办事时才能看得出来。他年轻时曾四处飘荡，现在十分渴望能安定下来好好休息一下。他听到别人夸奖英国人做事严谨，他们的绅士风度有口皆碑，于是他就来到了英国碰碰运气。但是，直到现在他都没得到命运之神的青睐。每个地方他都待不长。他到过六个人家，每一家人都是不可理喻、性情古怪的，不是喜好冒险，就是经常在各国奔走——这些不再适合万事通。他的最后一个主人罗德朗司·法瑞先生，是位年轻的国会议员，这位议员晚上总是泡在海依市场的“牡蛎”酒吧里，最后总是被警察架回家。万事通出于对主人的尊敬，壮着胆子恭敬地向主人提了些建议，却被顶了回来，饭碗也丢了。就在这时，他得知费雷亚斯·福格正在找仆人。他打听了这个绅士的一些情况。得知这是一个生活非常规律、不会夜不归宿、不会出门旅行、一天都不会离开家的人，这个人对他来说是再适合不过了。于是他就来了，然后被留了下来，这些我们都知道了。

十一点半的钟声敲响了，于是，塞维尔街的这座房子里只剩下了万事通一个人。他马上开始巡察这座房子，他从地窖到阁楼都看了个遍。这座房子干净、整洁、朴素得像清教徒的住所。房子很好打理，他十分满意。他觉得这座房子就像一只蜗牛漂亮的壳，这只壳很明亮，并且有煤气取暖，煤气提供的光和热足够整座房子使用。万事通没费吹灰之力就找到了他在三楼的房间。他对房间很满意。这间房里装有电铃和通话管，可以和地下室以及二楼的各个房间联系。房间里壁炉的上方有一个电子挂钟，时间已经调好，和费雷亚斯·福格卧室里挂钟的时间完全一致，这两个钟同时报时，分秒不差。

"太棒了,我真是太满意了!"万事通自言自语道。

他还注意到,在他房间里的座钟上方贴着一个条子,是他每天的工作时刻表。上面写着从早上八点——这是费雷亚斯·福格起床的时间,一直到十一点半,他离开家到改良俱乐部的所有服务的细节:八点二十三分的茶和烤面包;九点三十七分送剃胡子用的水;十点差二十分时理发;等等。然后从上午十一点半到晚上十二点——这是有条不紊的绅士睡觉的时间——所有的事情都写在纸上了,一切都交代得一清二楚。万事通乐悠悠地研读这张表,并把每一条都铭记在心。

福格先生的衣柜里装得满满当当,所有衣物一应俱全。每条裤子、礼服、背心都有排序和编号,登记在拿进和取出的记录本里,标明不同季节和日期分别应穿什么衣服,而且必须按顺序拿出来穿。鞋子也是一样有规矩。

总之,塞维尔街的这座房子在大名鼎鼎、不拘小节的施尔顿居住时凌乱不堪,现在却收拾得井井有条,让人感到非常舒适和安逸。这里没有书房,也没有一本书,这些福格先生都不需要,因为改良俱乐部有两个图书室,一个收藏文艺书籍,另一个收藏法律和政治书籍。福格先生的卧室里有一个中等大小的保险箱,既防火又防盗。整座房子里没有任何武器,也没有任何用于打猎和争斗的器械。所有一切都表明主人好静的性格。

万事通细心检查完这所房子之后,搓着两只手,胖胖的圆脸上绽放出笑容,他高兴地反复说着:

"真是太好了!这正是我要找的差事!福格先生一定会和我相处得很好!他真是个不爱出门的人,真是个有板有眼的人!这个人简直是台机器!好吧,为机器服务是不会生气的!"

第三章

一次让福格付出沉重代价的谈话

费雷亚斯·福格十一点半离开了他在塞维尔街的家,在迈了五百七十五次右腿和五百七十六次左腿后,他来到了改良俱乐部。这座高大宽敞的建筑矗立在帕玛尔大街,建造它的花费至少有三百万英镑。

费雷亚斯·福格一到俱乐部就去了餐厅,餐厅的九扇窗子都开着,窗外是一个漂亮的花园,园子里的树都被秋天染成了金黄色。他在自己习惯的桌子前坐了下来,侍者已经摆好了餐具等待他的到来。他的午餐有:一道冷盘、一条酱汁烧鱼、一盘蘑菇酱拌深红色烤牛排、一份大黄和青醋栗夹心蛋糕、一块柴郡干酪,吃完菜,还有几杯改良俱乐部特备的好茶。

中午十二点四十七分,这位绅士站起身朝大会客厅走去,这间会客厅装修豪华,挂有许多裱制精美的名画。这里的一个仆人递给福格一份未裁版的《泰晤士报》,于是福格便开始将这张报纸按版裁开,他显然已十分熟悉这项艰苦的工作,做起来手法稳健、毫不费劲儿。他看这份报纸一直看到三点五十五分,接下来又看《标准报》,一直看到晚饭时间。这顿饭和午饭的种类相同,只是多了一些英国皇家酱汁。

六点差二十分,这位绅士重新回到大会客厅里,专心致志地看《每日晨报》。

半个小时之后，改良俱乐部的其他一些会员走了进来，他们围在炉火熊熊的壁炉前。这些都是费雷亚斯·福格平时的牌友，和他一样都是惠斯特迷。他们有：工程师安德鲁·斯图尔特，银行家约翰·叙利旺和萨米埃尔·法郎丹，啤酒批发商托马斯·弗拉纳甘，英国银行董事会董事戈捷·拉尔夫；他们个个都是腰缠万贯、声名显赫，即便是在这个工业界和金融界巨头荟萃的俱乐部里，他们也是举足轻重的人物。

"哦，对了，拉尔夫，"托马斯·弗拉纳甘问道，"那起偷窃事件怎么样了？"

"算了，"安德鲁·斯图尔特说，"那家银行只能自认倒霉啦。"

"我的看法和您的正相反，我认为警方会抓到抢钱的那个家伙。他们已经派了很多机警过人的探员到美国和欧洲所有重要的进出口港口和码头，这个人想要逃走也难。"

"警方掌握了这个贼的特征吗？"安德鲁·斯图尔特问道。

"首先，这不是一个贼。"戈捷·拉尔夫严肃地说道。

"什么，他不是贼，他窃取了五万五千英镑的现钞，他还不是贼？"

"不是。"戈捷·拉尔夫回答道。

"那么难道他是个企业家不成？"约翰·叙利旺说。

"《每日晨报》肯定他是位绅士。"

说这句话的不是别人正是费雷亚斯·福格，他把头从报纸堆里探出来向各位致意，他们也向他回了礼。

他们谈论的正是英国各家报纸都在争相报道的焦点事件。这起盗窃事件发生在三天前，也就是9月29日，一捆五万五千英镑的巨额现钞从英国银行的一个总出纳员的柜台上被拿走了。

奇怪的是这样的偷窃行为在众目睽睽之下怎么会如此容易得手。对此，银行副总裁戈捷·拉尔夫解释说，当时，那个出纳员正在登记一项三先令六便士的进款，在这种情况下他不可能眼观六路。

需要解释一下，这会有助于理解这件事。这家信誉优良的英国国家银行特别尊重客人。这里没有一个警卫、没有看守，更没有任何铁栅栏！所有的黄金、钱币、钞票都是随意搁放，完全靠客人自觉。谁都不会随便怀疑任何一个客人。一位最熟悉英国人习惯的观察家还讲述了这样一件事：一天，他正在银行的一个营业厅，当他看到出纳柜台上有一块重达七到八磅的金条时，出于好奇，他走上前去拿起这块金条仔细端详，然后又递给他旁边的一个人看，这个人又传给了另一个人，这块金条就这样从一个人传给另一个人，一直传到漆黑的走廊尽头，足足过了半个小时，金条才被放回到原位，在这期间出纳员连头都没抬一下。

但是，9月29日，事情并没有这样发展。那一沓钞票没有回来，当汇兑处上方的挂钟敲响下班的五点钟时，英国国家银行只能把这五万五千英镑登记在亏损账上。

警方认定这是一桩盗窃案，他们挑选出一些最机敏的警察和侦探，并把他们派到一些主要的港口：利物浦、格拉斯哥、勒阿弗尔、苏伊士港、布林迪西、纽约，等等，还悬赏两千英镑，再加上这笔追回赃款的百分之五作为提成捉拿罪犯。调查即将展开，在得到确切消息之前，侦探们的任务就是仔细盘查到港和离港的客人。

但是，大家确信这个偷钱的人不属于英国任何一个盗窃集团，《每日晨报》也这么说。在9月29日这一天，有人看到一个衣冠楚楚、风度翩翩、神情高贵的绅士在案发的那个银行大厅里徘徊良久。警方进行了精确的调查，得到了这位绅士的外貌特征，并把这项结果迅速通告给英国本土和欧洲大陆的每一个探员。一些经验丰富的人——戈捷·拉尔夫就是其中之一——认为这个贼一定逃不掉。

正如人们所料，这件事成为伦敦乃至全英国的头条新闻。人们议论纷纷，津津乐道，有人认为首都警方能成功破获此案，有人则反对这种说法。所以改良俱乐部的会员谈论这件事也不足为怪，更何况，他们中有一个还是银行副总裁。

这位可敬的戈捷·拉尔夫并不想怀疑调查的结果，他认为高额赏金会格外激发警察们的热情和智慧。但是他的会友安德鲁·斯图尔特对此却毫不相信。讨论还在进行，大家围坐在桌旁打惠斯特，斯图尔特坐在弗拉纳甘对面，法郎丹坐在费雷亚斯·福格对面。打牌时，大家是不说话的，但是在每一局打完时，中断的谈话重又开始，争论更为激烈。

“我认为，”安德鲁·斯图尔特说，“运气在窃贼这边，这个人真是个机灵的家伙！”

“算了吧，”拉尔夫回道，“他不可能逃到任何一个国家。”

“不可能！”

“那么您认为他会到什么地方？”

“我什么都不知道，”安德鲁·斯图尔特说，“但是，不管怎么说，地球这么大。”

“以前是这样的，”费雷亚斯·福格声音不大，然后他又说道，“轮到你切牌了，先生。”边说边把牌给托马斯·弗拉纳甘。

谈话一时中断了。但是安德鲁·斯图尔特马上又重新拾起了这个话题，他说：“什么，以前！地球难道还会缩小吗？”

“的确如此，”戈捷·拉尔夫回答他，“我同意福格先生的看法。地球缩小了，因为现在环球一周要比一百年前快十倍。所以，对于我们讨论的这件案子，我认为搜寻窃贼也会更快。”

“可是这个窃贼也就更容易逃掉呀！”

“该你出牌了，斯图尔特先生。”费雷亚斯·福格说。

不轻易信人的斯图尔特并没有被说服，这一局一打完，他又说道：

“拉尔夫先生，应该说您刚才说地球缩小了只是个玩笑！实际上现在环游地球只要三个月……”

“只需要八十天。”费雷亚斯·福格说。

“确实如此，先生们，”约翰·叙利旺插话道，“八十天，在大印度半岛铁路罗沙尔到阿拉罕拜德段通车之后，八十天就够了，《每日晨报》也刊登了新的计算方法：

“从伦敦到苏伊士，途经色尼山和布林迪西，铁路和邮船 七天

“从苏伊士到孟买，邮船 十三天

“从孟买到加尔各答，铁路 三天

“从加尔各答到香港（中国），邮船 十三天

“从香港到横滨（日本），邮船 六天

“从横滨到圣-弗朗西斯科，邮船 二十二天

“从圣-弗朗西斯科到纽约，铁路　　七天

“从纽约到伦敦，邮船和铁路　　九天

“总天数　　八十天。”

“是吗，八十天！”安德鲁·斯图尔特叫道，他一不小心错出了一张王牌，“坏天气、逆风、海难、火车脱轨等等都不计算在内吧。”

“所有都算进去。”费雷亚斯·福格一边继续打牌一边说，这次，讨论没有因为打惠斯特而中断。

“如果那些印第安人和印度土著掀掉铁轨呢？”安德鲁·斯图尔特嚷道，“如果他们拦截火车、抢劫行李、剥下游客的头皮呢，这些也计算在内吗？”

“是的，都算进去，”费雷亚斯·福格答道，他推倒手中的牌，又说道，“两张王。”

轮到安德鲁·斯图尔特出牌了，他收好牌又说：

“理论上，您是有道理的，福格先生，但是实际情况……”

“实际上也是如此，斯图尔特先生。”

“我很想看您实践一下。”

“由您决定吧。我们一起出发。”

“老天保佑！”斯图尔特叫道，“照这种情形，八十天完成旅行是不可能的，我赌一千英镑。”

“正相反，太可能了。”福格先生回答。

“那么您就去试试好了！”

“八十天环游地球？”

“是的。”

“我很乐意。”

“什么时候出发?”

“马上。”

“简直疯了,”安德鲁·斯图尔特叫道,他开始对他的对手的固执有些恼火,“好了!我们还是打牌吧。”

“那要重来,”费雷亚斯·福格说,“因为刚才出错牌了。”

安德鲁·斯图尔特重新拿起牌,这只手因为激动有些发抖,突然,他把牌往桌子上一摔:“好吧,好,福格先生,可以,我赌四千英镑!……”

“亲爱的斯图尔特,”法郎丹说,“您冷静点儿。这不能当真。”

“我说了我打赌,”安德鲁·斯图尔特说,“这是认真的。”

“好!”福格先生说。他转向各位,“我有两万英镑存在巴林兄弟的银行里。我很乐意用这笔钱赌一把……”

“两万英镑!”约翰·叙利旺大叫,“您只要有一点点预料不到的耽搁就会输掉这两万英镑!”

“不存在预料不到的事。”费雷亚斯·福格简单地回答。

“可是,福格先生,这个八十天的时间只是最保守的计算!”

“最保守的计算只要好好利用就足够了。”

“但是要想不超过这个期限,就必须精确计算时间,需要从火车跳到邮轮之后再马上由邮轮跳到火车!”

“我会算准时间的。”

“真是开玩笑!”

“真正的英国人打赌时从不开玩笑,”费雷亚斯·福格答道,“我赌两万英镑,赌我环游地球用八十天或是更少的时间,或者说是一千九百二十小时或十一万五千二百分钟。你们愿意赌吗?”

“我们赌。”斯图尔特、法郎丹、叙利旺、弗拉纳甘、拉尔夫达成了一致。

“好的,”福格先生说,“到多佛尔的火车八点四十五分开。我就坐这一班车走。”

“就是今晚吗?”斯图尔特问。

“就是今晚,”福格回答,他看过袖珍日历后又说,“今天是10月2日星期三,我应该在12月21日星期六晚上八点四十五分回到伦敦,仍然回到改良俱乐部的这间会客厅。先生们,若有任何延误,现在我在巴林兄弟银行户头上的两万英镑到时就会合理合法地属于你们了。这是一张开有相同数目的支票。”

他们起草了一份这次打赌的文字协议,六个当事人当场签了名。费雷亚斯·福格很冷静。他打赌不是为了赢钱,他用这两万英镑——他的一半财产作赌注——是因为他有把握可以赢得对方的钱,可以渡过难关,这件事情并非易事,但也不是无法实现。至于他的对手们,个个都显得很激动,不是因为赌注的数额巨大,而是因为打赌时紧张的气氛让他们踌躇不安。

七点的钟声敲响了。大家要福格先生停下打惠斯特,这样他可以为出发做些准备。

“我随时可以出发!”这位无人能比的绅士边出牌边说,“我翻到方片,该您出牌了,斯图尔特先生。”

第四章

福格把他的仆人万事通吓得目瞪口呆

七点二十五分,费雷亚斯·福格赢了二十几个畿尼[①]后才向他可敬的同伴们告辞,离开了改良俱乐部。

这时,万事通已经认真地研究完了他的工作表,他看到福格先生回来时非常吃惊,因为遵照表上的时间,福格先生不该在这个时间回家。按照时刻表,塞维尔街这个房子的主人应该在午夜十二点准时回来。

费雷亚斯·福格径直上到他的卧室,然后叫:

"万事通。"

万事通没有回答。这应该不是叫他。没到时间。

"万事通。"福格先生又叫道,他并没有提高声音。

万事通走到楼上。

"我已经叫你两遍了。"福格先生说。

"可是现在还没到晚上十二点。"万事通回答道,他的手上拿着表。

"我知道,"福格又说,"我不是责怪你。我们十分钟之后要出发到多佛

① 英国旧币名,约合 21 先令。

尔和加莱。”

万事通的圆脸上露出很奇怪的神情。显然他是听错了。

“先生要出门吗?”他问道。

“是的,”费雷亚斯·福格回答,“我们要环游地球。”

万事通的眼睛瞪得都要变形了,他的眼皮和眉毛向上挑着,双臂无力地垂着,整个身体瘫软,吃惊极了。

“环游地球!”他嘴里喃喃自语。

“用八十天的时间,”福格又说,“所以我们一刻都不能耽误。”

“那么行李呢……”万事通说,他不由自主地来回摇晃着脑袋。

“不带行李。只带一个旅行包,装上两件羊毛衬衫、三双袜子。你也是这些东西。其余的可以在路上买。拿上我的雨衣和旅行毛毯。你要穿结实点的鞋子。不过,我们可能走路不多,也许根本不用走路。去吧。”

万事通想答应一声,可是他没能答应出来。他离开福格先生的房间,上到自己的房间,跌坐在椅子里,说了一句家乡土话:

“乖乖!真够戗!我还想安安静静地过日子呢!……”他一边自言自语一边麻木地收拾东西,准备出发。八十天环游世界!他疯了吗?不……是开玩笑吗?去多佛尔,好吧……去加莱,行呀。不管发生什么事都不会让这个正直的小伙子退缩,他已经五年没有踏上祖国的土地了。说不定他们会一直走到巴黎,啊,一定会的,他很高兴能再见到祖国的首都。但是,像他主人这样不会多走一步路的绅士会在巴黎停下来吗……会,大概会的,真是不敢相信,这个绅士居然要出门,这个喜欢待在家里的绅士现在居然要出远门!

八点钟，万事通已经准备好了一个简单的旅行包，里边有他和主人需要的全部衣服；随后，他仍然神情恍惚地离开了房间，小心地锁好门，找福格先生去了。

福格已经准备好了。他胳膊下夹着一份《布莱得肖大陆火车轮船运行总指南》，这本书有他这次旅行需要的一切必需信息。他从万事通的手中接过包，打开包塞进去厚厚的一沓钞票，这些钞票在各国通用。

"你没有忘带什么吧？"他问万事通。

"没有，先生。"

"我的雨衣和旅行毛毯呢？"

"在这儿。"

"好的，拿着这个包。"

福格先生把包重又交给万事通。

"一定要小心，"他又说，"里边有两万英镑。"

这个包差点儿从万事通的手里掉下来，好像这两万英镑是金子做的那么沉。

主仆二人走下楼，在门上锁了两道锁。

塞维尔街的尽头有一个马车乘坐点。费雷亚斯·福格和他的仆人登上一辆马车，朝查林-克罗斯车站飞驰而去，那里是东南铁路网的一个支线的起点站。

八点二十分，马车停在火车站的围栏前。万事通从车里跳下来。他的主人也跟着跳了下来，付了车钱。

这时，一个可怜的要饭女人朝福格先生走了过来，她手里牵着一个孩子，光脚走在泥里，头上戴着一顶破烂不堪的帽子，帽子上还吊着一根可怜巴巴的烂羽毛，褴褛的衣服外披着一块用破布缝制的披肩，她向福格先生讨要施舍。

福格先生从口袋里掏出他刚刚打惠斯特赢来的二十畿尼，把它们递给这个要饭的女人：

“拿着吧，善良的人，”他说，“很高兴遇见您。”

说完便走了。

万事通觉得眼眶里湿湿的，他的主人和他的心更贴近了。

福格先生很快便来到火车站的大厅。他让万事通买两张到巴黎的一等车厢的票。一转身，他看到了他在改良俱乐部的五位朋友。

“先生们，我要走了，”他说道，“我回来时，你们可以查验我护照上的签证来验证我的行程路线。”

“噢，福格先生，”戈捷·拉尔夫彬彬有礼地说，“这倒不必，我们相信您的信誉！”

“这样更好。”福格说。

“您不会忘记您什么时候回来吧？”安德鲁·斯图尔特试探道。

“在八十天以后，”福格回答，“也就是1872年12月21日晚上八点四十五分。再见，先生们。”

八点四十分，费雷亚斯·福格和他的仆人在同一节车厢落座。八点四十五分，火车发出一声轰鸣，滚滚而去。

天黑了。空中下起了细雨。费雷亚斯·福格斜靠在车厢一角，一言不发。万事通仍然是一头雾水，他只是下意识地把那个装有钞票的包紧紧抱在怀里。

然而火车还没走到西登汉姆,万事通突然绝望地大叫了一声。

“你怎么了?”福格问他。

“我……慌里慌张……匆匆忙忙……我忘了。”

“什么?”

“关掉我房间里的煤气开关了!”

“啊,好呀,小伙子,”福格漠然地说,“你来付煤气费!”

第五章

伦敦市场上出现了一种新的股票

费雷亚斯·福格离开伦敦时几乎没有料到这次旅行产生的轰动效应。打赌的消息首先在改良俱乐部传开了，这在上层圈子里造成了极大的震动。接着，这个大新闻从俱乐部被记者传到了报纸上，又通过报纸传递给伦敦的公众，继而传至整个英国。

大家怀着浓厚的兴趣和高涨的热情来评述、讨论、分析这个“环游地球”的事，简直成了第二个“亚拉巴马事件”①。一些人站在费雷亚斯·福格一边，另一些人——这些人很快占到了大多数——公开反对他，他们认为，这个即将开始的环球旅行如果不是纸上谈兵，而是真的依靠现有的交通条件来完成，那么不仅不可能，而且简直是发疯。

《泰晤士报》、《标准报》、《晚星报》、《每日晨报》和其他二十家报纸都表态反对福格。只有《每日电讯》在一定程度上支持他。费雷亚斯·福格被大家看成是一个有怪癖的疯子，而他的那些改良俱乐部的同伴则因为和

---

① 1864 年 6 月 19 日，英美两国政府因巡洋舰“亚拉巴马号”沉没而发生了争执。只是在 1872 年 9 月 14 日福格出发前几周，这件轰动一时的国际官司才得到解决。

他打赌而受到指责,人们认为想出打赌主意的人肯定是神经错乱。

报纸开始发表一些评论文章,写得有声有色、头头是道。英国人对一切和地理有关的事都会感兴趣。所以,不管是哪个阶层的读者都会如饥似渴地去看有关费雷亚斯·福格的专栏文章。

最初开始的几天,几个胆大的人——主要是女人——支持福格,尤其是当《伦敦新闻画报》刊登了他的照片之后(照片是根据他在改良俱乐部档案里的照片复制的)。一些绅士大胆地说:“嘿!嘿!为什么不支持他,有什么不可能?我们可是连比这更奇特的事都见过!”这些人大多是《每日电讯》的读者。但是不久人们就发现这家报纸自己也开始动摇了。

事情缘于10月7日皇家地理协会会刊上的一篇长文章。这篇文章从各个角度分析了这个事件,直截了当地指出这是个疯狂的举动。按照此文的观点,一切因素都对旅行者不利,旅途充满了自然障碍和人为因素造成的困难。要想成功完成计划,就必须天衣无缝地遵守出发和到达的理论时间,这种精确的吻合在现实中是不存在的,也是不可能办到的。如果说在行程路线相对不是很长的欧洲还可以计算出火车到达的准确时间;那么,当他们要花三天时间穿过印度、七天时间穿过美国时,还能对时间做出准确的计算吗?再遇到机器故障、火车出轨、撞车事故、恶劣天气、积雪阻路,难道这一切都不会对福格先生不利吗?在冬天,邮轮难道不会受到狂风和迷雾的影响吗?即便是最好的越洋轮渡,难道就不会偶尔出现两三天的延误吗?可是,哪怕是一次延误,只要有一次,就会打断整个旅行的时间链条。如果费雷亚斯·福格误船的话,哪怕是几个小时,他都不得不等下一班船,而这些小小的误差都会使这次旅行功亏一篑。

这篇文章反响很大。几乎所有的报纸都加以转载,“费雷亚斯·福格”股的价格因此大幅度下跌。

在这个绅士动身后的最初几天,有人拿这件事情的成败大做投机买卖。这些打赌的人可比赌钱的人更高明、更有手段。打赌是英国人的脾气。英国人生性嗜赌,所以,不仅改良俱乐部的成员分为了赞成和反对费雷亚斯·福格的两派,而且公众也参加进来。费雷亚斯·福格就像是注册在赛马名册里的一匹赛马,被炒成了一种股票,并且一经推出立刻就引起了整个伦敦市场的注意。人们打探行情,定价或是加价买进卖出“费雷亚斯·福格”股,交易的人越来越多。但是在他出发五天后,在皇家地理协会会刊那篇文章刊登后,抛售的人大幅上升。“费雷亚斯·福格”股贬值了。人们开始大量抛出。赔率起初是1∶5,接着是1∶10,甚至一直到1∶20、50、100!

最后只剩下一个支持者。这是个瘫痪的老人,叫洛德·阿尔贝马勒。他是一位令人尊敬的绅士,常年被困在扶手椅里,要是有人能让他环游地球,哪怕用十年的时间、哪怕要让他倾家荡产他都愿意!他赌了五千英镑,赌费雷亚斯·福格赢。当有人对他说这件事很愚蠢,他的支持毫无意义时,他只是回答:“如果这件事能够办到,那么能由一个英国人来第一个实现它不是很好吗?”

可是,现实情况确实很糟糕,费雷亚斯·福格的支持者越来越少了;赔率降到了1∶150、1∶200。大家反对他也不是没有道理,因为在他离开七天后,发生了一件完全出人意料的事,使人们完全不再支持他。

事情是这样的,在这一天,晚上九点钟,首都警察局局长收到了一份电报,内容如下:

苏伊士致电伦敦

苏格兰广场警察总局局长罗万先生阁下，

我在跟踪银行窃贼费雷亚斯·福格。请速寄逮捕令至孟买(英属印度)。

警探菲克斯

电报的事很快就传开了。人们心中可敬的绅士消失了,变成了窃取钞票的盗贼。人们仔细察看了他和改良俱乐部里的同伴们在一起的照片,确实和警方提供的疑犯的外貌特征完全一致。人们又想到费雷亚斯·福格平时的神秘、孤僻、他的突然离开;这个人明显是想借环游地球和荒唐的打赌来达到一个目的,那就是摆脱英国警察。

第六章

难怪侦探菲克斯焦急万分

关于费雷亚斯·福格的这封电报是在这种情况下发到伦敦的。

10月9日，星期三，苏伊士，人们在等上午十一点到岸的“蒙古号”邮船，这艘船属于东方半岛公司，是一艘带螺旋桨推进器的轻甲板的钢铁汽船，载重二千八百吨，标定能量五百马力。“蒙古号”经苏伊士运河固定地往返于布林迪西和孟买之间。这艘船是公司最快的船之一，在布林迪西和苏伊士航段的规定时速达每小时十海里，在苏伊士和孟买航段达九点五三海里，它常常超过这个时速。

等“蒙古号”时，码头上挤满了本地人和外地人，他们中有两个人不断地走来走去。这里曾是一个小镇，直到莱塞普斯工程修建后才繁华起来。这两个人当中，一个是英联邦驻苏伊士的领事——尽管英国政府对运河的航运安全并不看好，工程师史蒂芬森也认为这里危险重重——他每天都来察看英国的船只渡过这个运河，这个运河使英国到印度的船只不必再绕道好望角，从而缩短了一半的路程。

另一个人是个又瘦又矮的男人，样子很精明，他显得很焦急，但是却一直努力使自己的面部肌肉呈现出微笑。他的睫毛下面闪现出一双十分灵活的眼睛，不过他很知道怎样掩饰目光中透出的欲望。此时，他显得有些不耐烦，走来走去，无法待在原地。

这个人叫菲克斯，是个英国侦探，是在英国国家银行失窃后被派到各个港口的英国警察之一。这个菲克斯的任务是保持高度警惕性留意进出苏伊士的客人，一旦发现有可疑的人，就要跟踪他直到拿到逮捕证。

确切地说，就在两天前，菲克斯刚刚收到首都警察局局长发来的窃贼的外貌特征，就是案发时有人在银行交易大厅见到的那个衣着得体神态高雅者。

显然，这个侦探肯定是对一旦抓获疑犯可获得的高额奖金垂涎三尺，所以他焦急等待“蒙古号”到岸的心情就不难理解了。

“领事先生，您说，”他已经是第二次发问了，“这艘船不会晚点吧？”

“不会的，菲克斯先生，”他回答，“它昨天就已经离开塞得港，一百六十公里长的运河对这样的船根本不在话下。我再跟你说一遍，‘蒙古号’一直都是政府奖金的获得者，这项奖金有二十五英镑，专为奖励那些比规定时间提前二十四小时到达的邮船。”

“这艘船是从布林迪西直接开过来吗？”菲克斯又问。

“从布林迪西直接来，在那里装上寄往印度的邮件后，星期六晚上五点钟离开的。耐心点儿，它不会晚到的。可是我不明白，假如您要找的人在‘蒙古号’上，您怎么能单凭知道的这点儿信息就能把他认出来呢？”

“领事先生，”他回答，“与其说是认出这些人，不如说是感觉出他们，是靠应有的感觉，这是由听觉、视觉和嗅觉综合作用产生的一种特殊感觉。我一辈子抓过不止一个这样的绅士，我预感到这个贼就在船上，我跟您说他不会从我手里溜掉的。”

“希望如此，菲克斯先生，这可是个要案。”

“不得了的盗窃案，”这个警察激动地说，“五万五千英镑！我们可是很少遇到这么大的数额的案子！现在的贼都变成小气鬼了！西巴尔德[①]这样的大盗可是多年未遇了！现在的贼还没偷几个先令就被抓到了！”

“菲克斯先生，”领事说，“听了您的方法以后，我也十分希望您能成功；但是我再说一遍，就您目前掌握的情形，我担心您很难抓到这个贼。您应该十分清楚，根据您的了解，这个贼极像是个正直的人。”

“领事先生，”这个侦探以一种不容置疑的口气说，“巨盗常常很像正人君子。您一定很清楚，那些看上去像流氓的家伙只能老实安分，否则他们一下子就会被抓起来。越是那些长相诚实的人，越是要格外盯紧。我承认这个工作不好干，这已不是一种职业，而是一种艺术。”

看得出这个菲克斯有些自命不凡。

这时，码头越来越热闹。各国的商人、经纪人、搬运工、农民都往这里挤。看来船马上就要到了。

天气相当好，但是刮着东风，室外仍然很冷。太阳苍白的光线洒在城市上空露出的几座清真寺尖塔上。向南望去，一段两千米长的河堤宛如一只臂膀伸展在苏伊士运河的港湾里。红海的海面上行驶着许多渔船和内海的船只，其中一些船仍保留了古时双桅战船的样子，颇具特色。

菲克斯在人群中来回穿梭，出于职业习惯，他边走边迅速打量路人。

---

① 西巴尔德(1702—1724)：英国的神偷，曾多次被捕，但都能逃脱，最后一次被捕后被处以绞刑。

已经十点半了。

“这艘船还没到!”他听到港口的钟敲响时叫道。

“它应该不远了。”领事对他说。

“它在苏伊士停多久?”菲克斯问。

“四个小时。它要加煤。从苏伊士到亚丁必须穿过红海,要走一千三百一十海里,得准备足够的燃料。”

“从苏伊士出发后,这艘船直接到孟买吗?”菲克斯问。

“直接到,中途不再装货。”

“很好,”菲克斯说,“如果这个贼走这条线并且坐这艘船的话,他肯定会在苏伊士下船,这样他才能继续去亚洲的荷兰殖民地或法国殖民地,他应该很清楚印度是英国的地盘,在这里他并不安全。”

“除非这个人神通广大,”领事回答,“您也知道,英国的犯人在伦敦要比在国外更容易躲藏。”

这样一说,这个侦探不由得仔细思索起来。这时,领事回他不远处的办公室去了。侦探一个人留在这里,焦虑不安,他有一种奇怪的预感,觉得盗贼就在“蒙古号”船上——事实上,如果这个贼想离开英国逃到美洲的话,印度这条线比大西洋这条线更容易逃脱,警方的防守也更松,自然这条线路更理想。

菲克斯刚沉思了不久,几声巨大的汽笛声告诉他船到了。成群的搬运工和农民全都闹哄哄地冲向码头,他们碰撞着乘客,把乘客的衣服都挤皱了。十几条小船也解开缆绳离开了河岸,朝着“蒙古号”驶去。

不一会儿,人们就看到“蒙古号”那巨大的船身出现在运河当中,汽船在码头下锚停靠，它的烟囱轰鸣着喷出巨雾，这时十一点的钟声刚好敲响。

船上的游客相当多。一些人待在甲板上凝神欣赏城市全貌；大多数人都登上了刚才那些靠到“蒙古号”跟前的小船里。

菲克斯一丝不苟地仔细察看每一个上岸的游客。

这时，他们中有一个人用力地推开那些缠着要帮忙拿行李的搬运工，朝他靠过来，这个人礼貌地问他能不能告诉他到英国领事馆怎么走。同时这个人拿出一本护照给他看，他可能想在这里加盖一个英国领事馆的签证。

菲克斯下意识地接过这个护照，快速地扫了一眼，他看到了外貌特征的说明。

他的身子不由自主地摇晃着，护照也在他的手里颤抖。上面描述的特征竟然和他收到的首都警察局局长寄来的疑犯特征一模一样。

“这本护照不是您的吧？”他问这个人。

“不是，”这个人回答，“这是我主人的护照。”

“您主人？”

“他留在船上没下来。”

“不过，”侦探又说，“他本人必须亲自到领事那里去验明身份。”

“什么？有这个必要吗？”

“必须这样。”

“领事馆在哪儿？”

“那儿，广场边上。”侦探指着远处两百步远的一所房子说。

“好吧，我去找我的主人，他最怕麻烦。”

说完这句话，这个人向菲克斯致谢后又回到了船上。

第七章

查验护照对侦探并没有什么帮助

侦探马上离开码头，快步向领事馆走去。因为他说有急事，领事立刻接见了他。

"领事先生，"他开门见山地说，"我十分肯定我们要找的人就在'蒙古号'上。"

菲克斯讲述了那个仆人和护照的事情。

"很好，菲克斯先生，"领事说，"我要是看到这个混蛋是不会生气的。但是即使事情和您设想的一样，他可能也不会来我的办公室吧。一个贼不喜欢在他身后留下踪迹，而且查验护照也不是必须的程序。"

"领事先生，"侦探说，"如果他是我们想的那样的厉害人物，他一定会来！"

"办签证？"

"是的。护照从不会给正派人带来麻烦，只会有利于坏人逃跑。我还肯定这个护照没问题，但是我十分希望您不要签……"

"为什么不签？如果这本护照是符合规定的，"领事说，"我没有拒签的权力。"

“可是,领事先生,我必须把这个人留在这儿,直到我收到伦敦方面的逮捕令。”

“啊! 这个嘛,菲克斯先生,这是您的事,”领事说,“但是我,我不能……”

领事的话还没说完,这时,有人敲他办公室的门,办事员领进来两个陌生人,其中一个正是那个和侦探打过交道的仆人。

确实是这主仆二人。主人提交了他的护照,并明白地请求领事在上面盖上签证。

领事拿过护照认真地察看,此时,菲克斯正在一个角落里暗暗地观察这个陌生人,他恨不得把这个人吞下去。

领事看完护照后问道:

“您是费雷亚斯·福格吗,先生?”

“是的,先生。”这个绅士回答。

“这个人是您的仆人吗?”

“是的。这个法国人叫万事通。”

“您从伦敦来?”

“是的。”

“您去?”

“去孟买。”

“好吧,先生。您知道吗? 这个签证的手续现在没什么用处,我们已不再要求出示护照。”

“我知道,先生,”费雷亚斯·福格回答,“但是我希望您的签证可以证明我曾经经过苏伊士。”

“好的，先生。”

于是领事在护照上签了字，写好日期，并盖了章。福格先生得到了签证，然后，他冷漠地告辞后就出去了，他的仆人紧随其后。

“怎么样？”侦探问道。

“不怎么样，”领事说，“他看上去完全是个正派人！”

“可能吧，”菲克斯说，“可是问题不在这儿。领事先生，您不觉得这位冷漠的绅士每一个特征都和我收到的疑犯特征很像吗？”

“我承认，但是您也知道，一切特征……”

“我心里有数，”菲克斯回答，“那个仆人看起来不像主人那样毫无破绽。而且，他是个法国人，他是忍不住不说话的。回头见，领事先生。”

说完这句话，侦探就出去找万事通去了。

福格先生一离开领事馆就直奔码头而去。他在那儿跟他的仆人交代了几句，就坐上小船回“蒙古号”他的船舱去了。他拿出记事本，写了下面几句话：

离开伦敦，10 月 2 日星期三，晚上八点四十五分。

到达巴黎，10 月 3 日星期四，早上七点二十分。

离开巴黎，星期四，上午八点四十分。

经色尼山到达都灵，10 月 4 日星期五，早上六点三十五分。

离开都灵，星期五，早上七点二十分。

到达布林迪西，10 月 5 日星期六，下午四点。

登上“蒙古号”，星期六，下午五点。

到达苏伊士，10 月 9 日星期三，上午十一点。

总时数：一百五十八小时三十分　即：六天半①。

福格先生把这些日期记在一本分栏的记事本上——从 10 月 2 日一直到 12 月 21 日——表明月份、日期、星期、每个主要地方应该到达和实际到达的时间，例如：巴黎、布林迪西、苏伊士、孟买、加尔各答、新加坡、香港、横滨、圣-弗朗西斯科、纽约、利物浦、伦敦，这样他就能算出在每个途经地他提前了多少时间或延误了多少时间。

福格先生在这个分栏的记事本里详细记录了所有的资料，这样他就能随时知道他是提前了还是拖后了。这一天也被他记到了本子里：10 月 9 日，星期三，和预计时间一致，既没有提前也没有迟到。

接着，他在自己房间里吃了午饭。至于参观城市，他想都没想过，英国人总是让他们的仆人去参观他们途经的地方。

---

① 计算似有误，原文如此。

第八章

万事通的话似乎有些多

菲克斯片刻之后在码头又碰到了万事通，他正在四处闲逛四处乱看，他觉得不应该什么都不看就离开。

“喂，朋友，”菲克斯走到他跟前，“你们的护照签好了吗？”

“啊！是您呀，先生，”这个法国人回答，“非常感谢。我们的手续办得很顺利。”

“您在看风景吗？”

“是的，不过我们走得很快，我就像做梦一样。还没明白怎么回事，我们就到了苏伊士。”

“到了苏伊士。”

“到埃及了吧？”

“到埃及了，非常正确。”

“在非洲吗？”

“在非洲。”

“到非洲了！”万事通反复地说，“我都不敢相信。您知道吗，先生，我本以为我们到巴黎后就不会再走很远，这么有名的首都城市，我也只在早上七点二十和八点四十之间从火车北站到里昂火车站的时候，透过马车玻璃匆匆看了一眼，当时外面还在下大雨！太遗憾了！我本来还打算再去看看拉雪兹公墓和香榭丽舍大街的马戏团的！”

“那么你一定是很着急吧？”侦探问。

“我，不，是我的主人。对了，我得去买些袜子和衬衫！我们走时没带行李，只带了一个旅行包。”

“我可以带你去市场买，那里什么都有。”

“先生，您真是太好了！”万事通说。

这两个人一起走了。万事通说个不停。

“最重要的是，我一定要小心，不能误了这班船！”

“你有的是时间，现在才刚刚中午十二点。”菲克斯回答。

万事通拿出他那块大表。

“中午十二点，怎么可能！现在是九点二分！”他说。

“你的表慢了。”菲克斯说。

“我的表！这可是祖传的，是从我曾祖父传下来的！它每年的误差不会超过五分钟。这可是个好表！”

“我看看。你表上还是伦敦时间，比苏伊士时间要晚了将近两个小时。应该记着把表调到当地时间。”

“我！调我的表！”万事通叫道，“决不！”

“那么，它就和太阳不一致了。”

“和太阳不一致就不一致吧，先生！太阳也会出错！”

这个正直的小伙子小心翼翼地把表重新放回到他背心的小口袋里。

过了一会儿,菲克斯对他说:

“您离开伦敦时走得很仓促吧?”

“我记得很清楚!上周三晚上八点钟,福格先生很反常地从俱乐部提前回来了,三刻钟之后我们就出发了。”

“那么,您的主人要去哪儿呢?”

“他总往前走!他要环游地球!”

“环游地球?”菲克斯叫了起来。

“是的,用八十天时间!这是个赌博,我这也是跟您才说,我才不相信呢。这件事不合常理,里面肯定有问题。”

“啊!这位福格先生很奇怪嘛!”

“我也这么认为。”

“他很有钱吗?”

“当然,他随身带了一大笔钱,都是全新的现钞!他在路上花钱从不心疼!您说说!他还答应‘蒙古号’上的大副如果船提前到的话就给他一大笔钱!”

“您认识您的主人很长时间了吧?”

“我!”万事通回答说,“我是我们出发当天才被雇用的。”

完全可以想象,这些话对本来就激动万分的侦探会产生什么影响。

在银行丢钱不久就从伦敦匆匆出发,携带着巨额钱款,急于到遥远的地方去,用离奇的打赌做借口,这一切都证实并且使菲克斯更坚信自己的猜测。他想方设法让万事通说话,看来这个小伙子确实不知道他主人的其他什么事了,只知道他的主人独自一人住在伦敦,人们都说他很有钱,但却不知道他的钱是怎么来的，这是一个难以捉摸的人，等等等等。不过，通过谈话，菲克斯确定了费雷亚斯·福格不会在苏伊士下船，他果真要到孟买。

“孟买远吗?”万事通问。

“非常远，”侦探回答，“你们还要坐十几天的船。”

“孟买在什么地方?”

“在印度。”

“在亚洲吗?”

“当然。”

“天哪！我跟您说……有件事让我很担心，我的开关!”

“什么开关?”

“我忘了关煤气开关，烧的煤气费都要算在我的头上。而且，我计算了一下，二十四小时的费用是两先令，刚好比我的工钱多六便士，您能明白吧，旅行拖的时间越长……”

菲克斯要了解煤气的事情吗？不太可能。他不再听下去，他作了个决定。当这个法国人到了市场后，菲克斯留下他的这个同伴在那里买东西，并提醒他不要误了“蒙古号”，他自己又急急忙忙地返回到领事馆。

菲克斯的猜想已经得到了证实，他现在重新恢复了冷静。

“先生，”他对领事说，“我一点都不再怀疑了。我找到了我要找的人。他装成一个要在八十天环游地球的人想蒙混过关。”

“这么说这是个狡猾的家伙，”领事回答，“他在甩掉两个洲的警察后，居然还打算回到伦敦!”

“我们走着瞧吧。”菲克斯回答。

“可是您不会弄错吧?”领事又问。

“我不会弄错。”

“那么,这个贼为什么非要坚持用签证证明他经过了苏伊士呢?”

“为什么? ……我一无所知,领事先生,”侦探回答,“不过您听我说。”

接着,他用简单的几句话讲述了他和那个福格先生的仆人之间的主要谈话。

“确实,一切推断都对这个人不利。您打算怎么办?”领事说。

“给伦敦发电报,强烈要求把逮捕令给我寄到孟买,我也登上‘蒙古号’,一直跟踪这个贼到印度,在那儿,在我们英国的地盘上,我先礼貌地上去和他攀谈,然后我一手拿逮捕令,再一手抓住他的肩膀。”

冷冷地说完这些话,侦探向领事告辞,发电报去了。在邮局,他给首都警察局局长发了前面提到的那份电报。

一刻钟之后,菲克斯手里提着简单的行李,带着足够的钱,也登上了“蒙古号”。很快,这艘快船吐出了巨大的烟雾,驶进红海。

第九章

福格顺利渡过红海和印度洋

苏伊士和亚丁之间的距离正好是一千三百海里，航运公司为轮船设定的航行时间是一百三十八小时。“蒙古号”燃料充足，可能会比规定的时间提前到达。

从布林迪西上船的游客大部分都是要到终点站印度的。有的乘客要到孟买，有的要到加尔各答，需要途经孟买，自从横穿印度半岛的铁路开通以后，人们不必走两次锡兰。

在“蒙古号”上的游客当中，有各行文官和各级军官。他们中，有的是英国的正规军，有的是指挥当地印度兵的军官，个个都是收入丰厚，以前都是印度公司发饷，现在已改为国家负担：少尉七千法郎，下士六千，将军十万。[①]

“蒙古号”上的人在船上自然过得很舒服，在这些官员当中有几个年轻的英国人，他们怀揣着上百万元资金远渡重洋来经商。船上的事务长是公

---

① 文官的薪水还要更高。一等助理一万两千法郎；法官六万法郎；法院院长二十五万法郎；地方执政官三十万法郎；总督超过六十万法郎。

司里很可靠的人，他在船上的地位和船长一样。他做事喜欢排场，无论是上午的早饭、下午两点钟的午饭、五点半的晚饭，还是八点钟的夜宵，桌子上都摆满了新鲜的肉食佐以配膳房提供的各种甜点。船上有些女客每天都要梳妆打扮两次，有人奏乐，在海面风平浪静的时候人们甚至还跳舞。

但是红海和所有狭长的海湾一样变化莫测、波谲云诡。大风起时，不管是从亚洲吹过来，还是从非洲吹过来，这个带螺旋桨推进器的纺锤形巨轮都会在巨浪中颠簸摇晃。这时，女客全都消失得无影无踪，钢琴停止了演奏，歌舞也戛然而止。然而，尽管狂风怒吼、海浪滔天，轮船在强劲马力的机器推动下，依然毫不懈怠地向曼德海峡前行。

费雷亚斯·福格这段时间都在干什么？您也许认为他会惴惴不安、忧心忡忡，担心风浪对轮船航行不利，或是担心巨浪造成机器故障和其他可能的损失，以至于“蒙古号”不得不临时停靠到某个港口，从而破坏他的旅行进程？

其实，他什么都没想，即使这个绅士真的想到了这些可能的状况，他也不会表露出来。他永远是改良俱乐部里无人能比的、独一无二的人物，任何意外和事故都不会让他惊慌失措。他看上去和船上的计时器一样对什么都无动于衷。人们很少能在甲板上见到他。他对欣赏红海没有多大兴趣，尽管这个海能勾起人们无数回忆，虽然人类历史舞台上最初的一幕戏曾在这里上演。他也不去看散布在两岸的那些光怪陆离的城市，尽管它们美丽的剪影有时会出现在远处的地平线上。他甚至不去想这个阿拉伯海湾会出现的危险，尽管斯特拉蓬、阿里安、阿尔德米多、艾德里希等等这些以前的历史学家提到这些危险总会谈虎色变，船只在没有祭过海之前也从不敢在此航行。

那么这位怪异的英国人把自己关在“蒙古号”上干什么呢？首先，他每天都吃四顿饭，船再摇晃和颠簸也不能使这台品质精良的机器出任何差错。其次，他打惠斯特。

是的！他还碰到了一些和他一样疯狂的牌友：一个到果阿赴任的税收官、一个要回孟买的可敬的传教士德西缪斯·史密斯和一个要到贝拿勒斯和部队会合的英军旅长。这三个人和福格一样钟情于惠斯特，他们几小时几小时地打牌，打牌时和福格一样默默无言。

至于万事通，他一点儿都不晕船，他也和福格一样自觉按时进餐。应该说，这次旅行的条件很优越，他已经没有什么不快的感觉了。他拿定了主意，好好吃，好好睡，好好观赏途经国家的风景，另外他坚信这次古怪的旅行到孟买就会结束。

离开苏伊士的第二天，10 月 10 日，他在甲板上碰到了曾在埃及码头遇到的和他谈过话的那个人，他喜出望外。

“我没有认错人吧，”他向他靠近，脸上的微笑更动人，“是您，先生，您是那个在苏伊士曾热心帮过我的人吧？”

“是呀，”侦探回答，“我认出您了！您是那个英国人的仆人……”

“先生怎么称呼？”

“菲克斯。”

“菲克斯先生，”万事通回答，“很荣幸在船上再次见到您。您要去哪儿呀？”

“和你们一样呀，到孟买。”

“那太好了！您以前去过吗？”

“去过好几次了，”菲克斯回答，“我是半岛公司的代理。”

“那么您了解印度?”

“噢……是的……”菲克斯回答。他不想再深谈。

“印度很有意思吗?”

“非常有意思！那里有清真寺、尖塔、寺庙、僧人、宝塔、老虎、毒蛇、舞女！但愿您有时间在这个国家好好逛逛。”

“希望如此,菲克斯先生。想必您应该清楚,一个神志清醒的人是不会把他的生命花在从轮船跳到火车再从火车跳到轮船上的,还借口要在八十天的时间里环游地球！不会的。这个体操式的旅行到孟买就会停止,毫无疑问。”

“福格先生好吗?”菲克斯用最自然的语气问。

“很好,菲克斯先生。我也很好。我吃饭狼吞虎咽,像从没吃过饭似的。这都是因为在海上的缘故。”

“您的主人呢,我从没在甲板上见过他。”

“他从不到甲板上来。他一点都不好奇。”

“您知道吗,万事通先生,这个所谓的八十天环球的旅行有没有什么秘密的任务……比方说是一个外交使命!”

“相信我,菲克斯先生,我什么都不知道,我跟您保证,说实在的,我一点儿都不知道。”

这次碰面之后,万事通和菲克斯经常在一起聊天。侦探试图和福格的仆人套近乎,以备不时之需。所以他经常请万事通到“蒙古号”的酒吧里喝点威士忌或啤酒,而这个小伙子倒是来者不拒,为了不欠人情,他也回请了菲克斯,他认为菲克斯是个很正直的好人。

轮船依然向前快速行驶。13 日，船靠近穆哈，它出现于破败的城墙中，城墙上长着几棵绿葱葱的椰枣树。远山上延伸着大片的咖啡园。万事通兴奋地看着这个名城，他发现这座环状的断壁残垣围着的古城和旁边那个茶杯把子似的古堡加在一起，活像个大大的杯子。

当天夜里，"蒙古号"渡过了曼德海峡，这个阿拉伯语名字的意思是"眼泪之门"，第二天是 14 日，船在亚丁港西北的汽船休息处停靠。船需要在那里加满储备物资和燃料。

在离矿区这么远的地方，船上的燃煤供应就变成了一件困难而繁重的工作。仅对半岛公司来说，这项开支每年就高达八十万英镑。最好的办法是在许多港口都设立仓库，不过经过远洋运输，每吨煤炭的价格会涨到八十法郎。

"蒙古号"在到达孟买之前还要航行一千六百五十海里，它必须在汽船休息处停留四个小时，备足储备。

不过这个时间上的耽搁不会对费雷亚斯·福格的时刻表产生任何影响。他已经预料到这一点。而且，"蒙古号"本该在 10 月 15 日早上到达亚丁，现在才只不过是 14 日晚上。这样他实际上就等于提前了十五个小时。

福格和他的仆人下船来到陆地上。这个绅士想要办理签证。菲克斯悄悄地跟在他身后。签证的手续一办好，费雷亚斯·福格就回到船上继续他没打完的牌局。

像往常一样，万事通一个人闲逛，他走在这个拥有两万五千居民的亚丁城里，走在这些索马里人、巴尼昂人、帕西人、犹太人、阿拉伯人、欧洲人中间。他在欣赏这个城里的旧防御工事，它们使得这个城市成为印度洋中的直布罗陀，他欣赏那些奇妙的蓄水池，在所罗门王的工程师修建后两千年的今天，仍有一些英国的工程师在这里进行维护。

“太好玩了，太有趣了！”万事通在回到船上时自言自语，“要想看新鲜事，旅行真是个好办法。”

晚上六点钟，“蒙古号”转动了螺旋桨的叶片击打着亚丁港的海水，不一会儿就驶进了印度洋。预定的从亚丁到孟买的航行时间是一百六十八小时。再加上印度洋目前刮着西北风，对航行十分有利，在风的作用下，船帆和蒸汽的力量汇集一处，帆一下就鼓满了。

顺风行船自然不会晃得那么厉害了。女客们重新梳洗打扮后又回到了甲板上。大家又重新唱起来跳起来。

旅行十分顺利地进行着。万事通非常高兴偶然遇见的菲克斯居然成了他的旅途伙伴。

10 月 20 日，星期天，将近中午十二点，人们看到了印度的陆地。两小时后，领航员上了“蒙古号”船。丘陵的远貌和天空的颜色浑然一体。不一会儿，成排的遍布城市的棕榈树跳入人们的眼帘。轮船驶进了这个由萨尔赛特岛、科拉巴岛、大象岛、屠夫岛组成的停泊站，四点半的时候，它在孟买的码头停靠。

费雷亚斯·福格打完了他那天的第三十三局牌，他和他的同伴比较大胆地吃进了十三组牌，最终以漂亮的大满贯赢得了胜利。

“蒙古号”应该直到 22 日才到孟买。但是，20 日就到了。这也就是说，从伦敦出发起，费雷亚斯·福格已经赢得了两天时间，他认真地在旅程表的盈余栏里写上了这两天的时间。

第十章

万事通虽然丢了鞋子但是幸亏逃掉了

没有人不知道印度——这个北宽南窄呈倒三角形的国家,面积有一百四十万平方英里,却极不相符地生活着一亿八千万人。实际上英国政府统治着这个广大国家的一部分地区。英国政府在加尔各答设有一个总督,在马德里、孟买、孟加拉设有执政官,在亚格拉设有副总督。

虽然如此,真正意义上的英属印度地区只有七十万平方英里,人口为一亿到一亿一千万。不客气地说很大一部分领土仍然脱离了英国女王的管辖;事实上,一些印度贵族在他们自己领地的统治十分凶残可怕,他们有绝对独立的统治权。

1756 年以来的这段时期,英国在印度建立了它的第一个统治机构,就设在今天的德里。著名的印度公司横行一时,直到印度兵大暴动那一年。在此之前,印度公司通过定期公债用很少甚至没用任何资金就购买并逐渐吞并了不同省份的印度贵族领地,在印度设立了总督和文武百官;但是现在印度公司已不复存在,印度的英国领地直接受女王领导。

如今,这个半岛上的状态、习俗和种族之间的地区划分每天都在发生变化。过去,人们来这里旅游只能通过最古老的交通办法,步行、骑马、坐运货马车、坐两轮车、坐轿子、找人背、坐马车，等等。现在，蒸汽船很快就能穿过印度河和恒河，而且有一条横穿印度的铁路主干线和许多支线，从孟买到加尔各答只需三天就可到达。

不过，这条铁路线并不是直线。这段路程空中的直线距离也只不过一千到一千一百英里，中速行驶的火车也花不了三天就可驶完全程；可是这条铁路线至少多绕了三分之一的路程，它绕了个大弯，一直绕到半岛北部的阿拉罕拜德。

这里介绍一下这条途经印度各个边界地区的“大印度半岛铁路”的总体情况。离开孟买岛之后，铁路线穿过萨尔赛特岛来到塔那前开阔的陆地上，然后穿过西高止山，一直延伸到东北边的泊尔罕浦尔，又从差不多独立的本德肯领地穿过，一直来到阿拉罕拜德，之后转向东面，在贝拿勒斯和恒河相遇后又缓缓离开，向东南下行，经过伯第万和法属的尚德那格尔，最后回到起点加尔各答。

下午四点半，蒙古号的游客在孟买下了船之后，发往加尔各答的火车将在八点整准时出发。

福格先生向他的同伴们告辞后离开了游船，详细地告诉他的仆人要买什么东西，特意提醒他在八点钟之前到火车站和他会合。他自己迈着精确的步子朝护照签证办公室走去，他每走一步就像天文学计算中用的时钟钟摆晃动一次，分毫不差。

孟买风光旖旎，可是福格什么都不打算看，什么市政府、漂亮的图书馆、防御工事、船坞、棉花市场、集市、清真寺、犹太教堂、亚美尼亚教堂、玛勒巴山上的带有多边形双塔的辉煌寺庙，他都不感兴趣。他既不去瞻仰著名的象山，也不去参观孟买湾东南部神秘的地下墓穴，萨尔赛特岛上的冈埃里石窟他也不打算去，这可是个令人叹为观止的佛教建筑遗迹呀！

不去！哪里都不去。走出签证处，费雷亚斯·福格静静地来到火车站，并在那里吃了晚饭。在点过菜之后，酒店主人向他推荐了一种名叫白葡萄酒烩肉的“印度兔肉”，介绍说相当美味。

费雷亚斯·福格接受了他推荐的白葡萄酒烩兔肉，津津有味地品尝；可是，除了加有很多香料的汤汁还算可口之外，他非常讨厌这道菜。

他叫来了店主。

“先生，这是兔肉吗？”他盯着主人。

“是的，老爷，”这个人回答，“是热带丛林里的兔子。”

“你们杀兔子时它没有喵喵叫吗？”

“喵喵叫？啊！老爷！这是一只兔子！我向您发誓……”

“老板先生，别发誓，您记得吗，过去在印度，猫被认为是神圣的动物。那段时期很美好。”

“对猫来说，老爷？”

“大概对游客来说也是如此！”

说完这些话，福格接着静静地用餐。

在福格下船后不久，侦探菲克斯也从“蒙古号”上下来，他跑去见孟买警察局局长。他介绍了他的侦探本领和他正在从事的任务以及他和疑犯的处境。他询问有没有伦敦方面来的逮捕令。可是什么都没有。事实上，即便逮捕令在福格一出发就发出，现在也不可能到。

菲克斯显得很狼狈。他想要这个局长下达一个逮捕福格的命令。但是局长拒绝了。这是首都警察局的案子,也只有首都警察局才能开具逮捕令。这种严格按照原则办事、严格执法的意识是英国人的习惯,在个人自由这个问题上,不允许丝毫的专断行为。

菲克斯不再坚持,他知道他只能耐心等逮捕证。但是他决心在这个没有露出一丝破绽的坏蛋停留在孟买期间对他时刻盯紧,一刻也不放松。他确定费雷亚斯·福格会在孟买停留,这是万事通告诉他的,他刚好可以在这里等候逮捕证。

在听完主人离开“蒙古号”时的吩咐之后,万事通彻底明白了,孟买的情况和在苏伊士以及巴黎的情况一样,旅行不会到此为止,至少他们还要走到加尔各答,或者更远。他开始相信福格先生打的这个赌可能是真的,命运真是作弄人,他本想过安静的日子,现在竟然要在八十天环游地球!

买完袜子和衬衫后,万事通在孟买的街上闲逛。街上的人摩肩接踵,有欧洲各国人士、有戴着尖顶帽子的波斯人、有戴圆头巾的本亚斯人、戴方帽子的信地人、穿长袍的亚美尼亚人、裹着黑头巾的帕西人。原来这里的帕西人正在庆祝一个节日,他们都是拜火教信徒的直系传人,他们是印度人中最灵巧、最开化、最聪明、最严肃的种族,也是目前孟买有钱的富商阶层。这一天,他们在庆祝一个宗教节日,有宗教仪式和歌舞活动,舞女们身穿粉红色镶着金丝银丝的轻薄纱丽,在古提琴和达姆达姆鼓的伴奏下翩翩起舞,风情万种却又不失庄重典雅。

万事通看着这些宗教仪式真是好奇极了,他瞪大眼睛努力地看、竖起耳朵仔细地听,脸上的神情既专注又茫然,你能想象出他的样子完全像最没见过世面的傻瓜一样,蠢得都不用说了。

遗憾的是,他和他的主人都担心行程受到影响不敢在此地久留,但是好奇心还是让他在这里驻足观看。

匆匆看过欢庆活动之后,万事通朝车站方向走去,在经过著名的玛勒巴山神庙时,他忽然冒出个怪念头,他想看看这个寺庙里边是什么样子。

可是有两件事他不知道:第一,印度的一些寺庙明令禁止基督徒进入;第二,教徒进入寺庙时必须在门口脱掉鞋子。这里说明一下,出于政治安全,英国政府尊重并规定大家都要尊重印度本国的宗教,无论何人有违教规都会受到严厉的惩罚。

万事通刚进庙门,打算像游客那样欣赏一下这座庙的内部构造,可是他还没来得及细看这个装饰得金碧辉煌的婆罗门教寺庙的殿堂,突然被莫名其妙地打翻在地。三个僧人向他冲了过来,他们目露凶光,一把拽下他的鞋袜,不由分说挥起拳头就要打,同时嘴里还发出可怕的叫喊声。

这个勇敢的法国小伙子真是机灵,他一下子就从地上站了起来。只见他挥起一拳打倒了一个,飞起一脚又踢倒了一个,这两个僧人被他们的长袍子绊住了腿,扑通扑通都摔在庙门外面。接着,万事通马上又摆脱了第三个僧人,这个僧人又纠集了更多的僧人在后面拼命追赶。

八点差五分,就在火车出发的前几分钟,万事通才赶到火车站,他光着脚,头上的帽子也没有了,那包买的东西在打架时也弄丢了。

菲克斯下船后跟着福格也来到了火车站。他知道这个家伙会离开孟买。他会一直跟着他到加尔各答甚至更远的地方。万事通没有看见站在阴影处的菲克斯,但是菲克斯却听到了万事通和他主人的谈话,他简单地向主人讲述了刚才的历险经历。

“我希望你不要再发生这样的事了。”费雷亚斯·福格简单地说，说着他上了火车找他的车厢去了。

这个可怜的小伙子两脚光光，真是狼狈极了，他一言不发地跟在主人身后。

菲克斯正要登上另外一节车厢，这时，突然一个念头闪了出来，他改变了主意。

“不，我要留下来，”他说道，“在印度有违法行为……我可以抓他。”

此时，火车发出一声长啸，消失在夜色中。

第十一章

福格花高价买了一头坐骑

火车准时出发。车上旅客众多,有军官,有文员,还有鸦片和靛蓝批发商,他们主要在半岛东部做买卖。

万事通和他的主人在同一个包厢。这个包厢里还有一个乘客坐在对面的角落里。

这是那个旅长弗朗西斯·科罗马蒂先生,就是福格先生在从苏伊士到孟买时的那个牌友,他要到驻扎在贝拿勒斯附近的部队去。

弗朗西斯·科罗马蒂先生高高的个儿,长着一头金发,大约五十岁左右,在最近一次镇压印度兵叛乱时他表现格外突出。他对印度非常熟悉,称得上是本地通。他在年轻时就来到印度居住,之后很少回国。他知识丰富,如果费雷亚斯·福格向他询问印度的习俗、历史、政府组织情况,他会很愿意告诉他。可惜我们的这位绅士什么都不问,他从没旅行过,他喜欢把自己和旁人隔离起来。这个严肃的人就像围绕地球运转的某个行星,只在自己的运行轨道上按照合理的机械原理运转。此时,他正在脑子里重新计算从伦敦出发后花费的小时数,他一边搓着双手一边思考,这是他的一种下意识的动作。

弗朗西斯·科罗马蒂先生对他这位旅伴的别具一格并非没有察觉，虽然他只是在打牌时每局的间隙仔细观察过他。他不禁自问，费雷亚斯·福格冷酷外表下的那颗心也和正常人一样跳动吗？他的内心也对大自然的美景同样敏感吗？他也有精神追求吗？这真是个难题。这位旅长认识许多各种各样的人，但是没有一个像这位绅士这样如同数学一样古板。

费雷亚斯·福格对弗朗西斯·科罗马蒂没有丝毫隐瞒他的环球旅行计划，包括他出发时的情形。旅长认为这个打赌荒诞无聊、毫无意义，他认为打这个赌的人一定是缺少头脑，任何有理智的人都会在理智的指导下行事。这位古怪的绅士如果继续下去，他肯定会一无所获，对人对己都不会有什么好处。

离开孟买一个小时之后，火车驶过高架桥，穿过了萨尔赛特岛，行驶在印度半岛上。经过卡莲站之后，火车没有走右边通向坎达拉哈和普纳去的两个岔道，而是向印度东南方向的利伯维尔开去。这条线要经过层峦叠嶂的西高止山区，这里遍布溶洞和岩石，最高的山峰密林丛生。

偶尔，弗朗西斯·科罗马蒂也会和费雷亚斯·福格交谈几句，这时，这位旅长突然提到了一件事：

“福格先生，您的旅行可能会在这里耽误点时间，这几年都是这样。”

“为什么，弗朗西斯先生？”

“因为铁路只修到山脚下，必须坐轿子或是雇人背着翻过这座山，到另一面山坡上的坎达拉哈车站再上车。”

“这点延误对我的时间表不会有丝毫影响，”福格说，“我不是没有料到这些情况。”

“但是,福格先生,”旅长又说道,“和您一起的这个小伙子可能会给您带来大麻烦。”

万事通此时正睡得香,他的脚裹在毯子里,他做梦都不会想到有人正议论自己。

“英国政府对这种违法行为的处罚非常严厉,”弗朗西斯·科罗马蒂接着说,“他们把尊重印度宗教习俗看得高于一切,如果您的仆人被抓到……”

“好啊,弗朗西斯先生,如果他被抓到,他会被判刑,他会受到惩罚,然后乖乖回到欧洲去。可是我看不出这怎么会耽误他主人的行程!”

话说到这里实在无法继续。夜里,火车穿过西高止山区,经过了那西科,第二天是 10 月 21 日,火车来到了相对平坦的康德什地区。这里的土地上植物丰茂,一些小镇零星点缀其中,小镇里看不到欧洲教堂的钟楼,只有清真寺的尖塔。这里河网密布,它们大多都是果达维力河的支流,纵横交错的河水灌溉着这块肥沃的土地。

万事通已经醒了,他看着窗外,不敢相信他竟会沿着“大印度半岛铁路”横穿印度。对他来说真是难以置信,可是,这确实千真万确!由英国机械师驾驶、烧着英国煤炭的火车喷烟吐雾,穿行在片片良田中间,这里种有棉花、咖啡、豆蔻、丁香以及红胡椒。火车吐出的袅袅烟雾盘旋着随风飘散到成群的棕榈树丛中,其间隐隐露出幢幢美丽的平房、几座佛教寺院,那是一些废弃的寺院和具有浓郁印度风情建筑式样装饰的辉煌庙宇。远处是一望无际的田野,铁路线两旁的密林深处仍然常有毒蛇和猛虎出没,然而火车的嘶叫声却使它们闻声破胆。大片的森林因为开路被分割得支离破碎,不时经过的象群若有所思地看着火车这个奇怪的庞然大物从它们面前驶过。

这天上午，火车过了玛立甘姆站，乘客们来到一个可怕的地方，这里就是死亡女神卡丽的信徒常常杀人的地方。不远就到了埃罗拉寺，那里有许多闻名遐迩的宝塔，再过去就是名城峨仑加巴，这里曾是不屈的奥轮扎布王的京都，现在是尼赞王管辖下的一个省会。这里由速格会的领袖、绞人党徒的首领斐林吉阿统治。这些杀人者结成无法破获的秘密团伙，以祭祀死亡女神为名，把人不分大小统统绞死，而且杀人不见血，一时之间这里就可以尸横遍野。英国政府曾经采取大规模的行动禁止这种谋杀行为，但是这个可怕的集团总能逃脱并且一直在行动。

中午十二点半，火车在卜瀚浦站停下，万事通花高价终于买来一双穆斯林穿的拖鞋，鞋上缀着假珍珠，万事通穿着很是得意。

乘客们快速吃完午饭后，在塔普河畔漫步片刻，这条小河在苏拉特附近最后流进卡姆拜湾。随后，火车重又向阿苏古尔进发。

这里需要提一下万事通现在的想法。直到孟买之前，他都认为也相信旅行会到此为止。但是现在，当他跟着主人马不停蹄地快速穿过印度时，他的思想发生了变化。他的本性很快就显露出来了，他又重新想起青年时的一些奇怪念头，开始认真考虑主人的环球计划，终于相信这个打赌是真的，也相信主人真的要在短短八十天里环游地球，而且不能超过这个天数。他现在已经开始为可能产生的延误而担心，担心路上会碰到不测。他忽然对打赌很感兴趣，一想到前一天闯的祸可能会带来麻烦他就懊悔不已。他远不如福格冷静，当然会比福格更担心。他把花掉的日数算了又算，骂这个该死的火车总是停，责怪它开得太慢，恨不得福格先生给火车技师判个罪才解恨。这个正派的小伙子不知道轮船可以超速行驶，但是火车不能，因为火车按规定时速行进。

天快黑了，火车穿行在苏特浦山区，这里是康德什和伯德昆的分界线。

第二天是10月22日，弗朗西斯·科罗马蒂先生问万事通现在是几点，万事通看过他的表后告诉他是凌晨三点。实际上，这个表的时间一直还是格林威治时间，那里是西经77度，比实际时间晚了四小时。

弗朗西斯先生更正了万事通的时间，他也提出了和菲克斯一样的问题。他尽量让万事通明白应该把表调到当地时间，因为他们是向东走，也就是说向着太阳走，所以每走过一个经度白天就缩短四分钟。但是他的话白说了。不知这个固执的小伙子听懂了还是没听懂，反正他就是拒绝把他的表向前调，他就是坚持伦敦时间。当然，这种天真的固执不会妨碍任何人。

上午八点，在离罗沙尔站十五英里的地方，火车忽然停在一片空地上，四周是些平房和工棚。司机走到每节车厢前说：

"乘客们在此下车。"

费雷亚斯·福格看着弗朗西斯·科罗马蒂，后者对火车忽然停在乌梅树林里十分不解。

万事通对此也甚觉奇怪，他跳下火车，马上又跳上来，大叫：

"先生，没有铁路了。"

"你要说什么？"弗朗西斯问。

"我是说火车不能继续开了。"

旅长也下了车。费雷亚斯·福格不紧不慢地跟在他后面。两人都问司机：

“我们在什么地方?”弗朗西斯问。

“在克尔比。”司机回答。

“我们就停在这儿?”

“是的。铁路还没修好。”

“什么! 没修好?”

“是的! 这里有一段五十多英里的铁路还没有修完,到阿拉罕拜德后才再有铁路。”

“可是报纸上说铁路已经全线通车了呀!”

“你们想怎么样,官老爷,报纸弄错了。”

“可是你们卖的票都是从孟买到加尔各答的!”弗朗西斯·科罗马蒂又说,他已经有些恼火。

“不错,”司机回答,“但是乘客们都很清楚他们在克尔比要下车到阿拉罕拜德后再上车。”

弗朗西斯·科罗马蒂火冒三丈。万事通简直想把司机痛打一顿,但是他没有。他没敢看他的主人,还不知道他气成什么样子了。

“弗朗西斯先生,”福格只是简单地说,“如果您愿意的话,我们可以想办法到阿拉罕拜德。”

“福格先生,这肯定会耽误你的行程的。”

“不会的,弗朗西斯先生,这是预料之中的事。”

“什么! 您早就知道铁路……”

“我对此一无所知,但是我知道路上迟早会遇到某些困难。不过,不会有什么影响。我已经提前了两天。二十五日中午十二点有船从加尔各答开往香港。今天才 22 日，我们会准时到达加尔各答。”

这么有把握的回答简直不容置疑。

铁路确实只修到这里。报纸就像一些总是会走得快的表一样，提前宣布全线通车。大部分乘客都知道这一段的情况，他们一下火车，便把这个小镇上的各种交通工具一抢而空，有四轮大车、双峰瘤牛拉的辇车、活动庙宇一样的旅行小车、滑竿和小马，等等。福格和弗朗西斯·科罗马蒂找遍了全镇，却一无所获。

“我可以步行到那里。”福格说。

这时，万事通找到他的主人，这个小伙子神情怪异、若有所思，低头看着他那双漂亮的但是不经穿的拖鞋。他有个重大发现，但是有些犹豫要不要告诉他的主人：

“先生，”他说，“我找到一种交通工具。”

“是什么？”

“一头大象！有一个印度人有一头大象，就在离这里一百步远的地方。”

“我们去看看这头大象。”福格说。

五分钟后，费雷亚斯·福格、弗朗西斯·科罗马蒂和万事通来到一间茅草房前面，房子旁有一个筑有高高篱笆的圈舍。茅草屋里有一个印度人，圈舍里有一头大象。在福格和他的两个同伴的要求下，印度人把他们带到了圈舍里。

他们看到一头快被驯服的大象，主人养它并不是把它当牲口使唤而是当作斗兽。所以，他逐渐改变这种动物温顺的天性，培养它凶猛的野性，把它训练成印度语中叫作“马其”的猛兽，为达到这个目的，就要喂它吃三个月的糖和黄油。这种办法可能并不合适，但是确实有不少驯象人获得了成功。福格真是太幸运了，这头大象刚刚接受这种训练，还一点没有“马其”的凶猛样子。

这头大象叫奇乌尼，和所有的大象一样，它能长途跋涉、健步如飞。福格实在找不到其他车辆，只好雇用这头大象。

但是大象在印度很贵，它们已经不太多见，而适于在马戏团表演的公象就更是难找。这些动物经过家养后很难繁殖，人们只能猎捕。大象非常难养，所以当福格问这个印度人愿不愿意把大象租给他时，这个印度人一口回绝了。

福格坚持要租并出了天价，每小时十英镑，但他还是遭到了拒绝。二十英镑？拒绝。四十英镑？还是拒绝。每加一次价万事通就心惊肉跳一次。但是印度人一点商量的余地都不留。

租金的数额高得惊人，福格答应租用十五个小时，到了阿拉罕拜德后立即归还，象主人一共可以得到六百英镑。

费雷亚斯·福格谈价钱时面不改色，他最后建议这个印度人干脆把大象卖给他，他出一千英镑。

可是这个印度人竟然不同意卖！大概他觉察到有好买卖可做了。弗朗西斯·科罗马蒂把福格拉到一边劝他好好考虑一下再做下一步决定。费雷亚斯·福格对他的同伴说他做事情总是经过深思熟虑的，他这样做是为了赢得价值两万英镑的打赌，这头大象对他来说是不可缺少的，哪怕要支付高出实际价钱二十倍的价钱他也要这头大象。

福格先生重新回到印度人面前，这个人的小眼睛里闪着贪婪的光。无疑，他看得出钱对福格来说根本不是问题。福格一点一点地加价，先是一千五百英镑，接着加到一千八百英镑，最后加到两千英镑。万事通简直惊呆了，他的脸先是涨得通红，接着又因为过度激动而发白。

当福格出价两千英镑时，印度人终于同意出售。

“都怪我这双拖鞋不争气，他的象肉才卖这么贵！”万事通大叫。

事情办妥了，现在只剩下找一位向导了。这事不太好办。有一个看上去很聪明的帕西人毛遂自荐。福格同意了，并答应付给他高额报酬，这个人感动得恨不得变聪明两倍以对得起这份酬劳。

大象一被牵来，这个帕西人就开始准备坐席，他显然对当“象童”或向导十分在行。他在象背上放上坐垫，又在象背两侧各放上一个并不是太舒服的鞍椅。

费雷亚斯·福格从他那个鼓鼓的旅行包中拿出一大笔钞票付给象的主人。万事通觉得这笔钱就像是从他的五脏六腑中掏出来的，心疼不已。福格又邀请弗朗西斯·科罗马蒂和他一起到阿拉罕拜德车站。旅长接受了这个邀请。多这一个人也累不着这个巨大的动物。

他们在克尔比买了些吃的。弗朗西斯·科罗马蒂坐在大象一侧的一个鞍椅上，费雷亚斯·福格坐在另一侧的椅子里。万事通跨坐在主人和旅长之间象背的坐垫上。那个帕西人骑在大象的脖子上。九点钟，大象离开了小镇，从最近的路进入茂密的棕树林。

第十二章

福格和他的同伴冒险穿越密林和随之发生的事

为了缩短路程，向导没有走右边那条正在修建的道路。那条路受芬德亚斯起伏山势的影响十分蜿蜒曲折，并不是福格想走的最近的路。这个帕西向导对这一带的大路和小道都十分熟悉，他打算横穿树林，这样可以少走二十多英里路，大家只能听从他的安排。

费雷亚斯·福格和弗朗西斯·科罗马蒂坐在象背两侧的椅子里只能露出个头，由于向导驱使大象迈开大步飞快奔跑，结果被颠得前仰后合。但是他们以英国人最大的冷静忍受着这一切，偶尔他们交谈几句，尽管说话时他们彼此几乎看不到对方。

至于万事通，他就坐在象背上，颠簸得最厉害，但是他按照主人的吩咐克制着自己，闭口不言，咬紧牙关，否则舌头很有可能被牙齿咬断。这个棒小伙儿被颠得不亦乐乎，一会儿被甩向大象脖子，一会儿被甩向大象屁股，像在玩空中特技，简直就像一个蹦床上的小丑。不过他倒是自得其乐，每次颠簸之间，他都开着玩笑、嬉笑不停，还时不时从口袋里摸出一块糖逗那头大象，聪明的奇乌尼一面用长鼻子接过糖，一面迈着快步一刻不停地向前跑。

这样走了两个小时,向导停下大象,让它休息一个小时。这头庞然大物先到附近的水塘喝饱了水,然后就大口大口地咀嚼树枝和灌木。弗朗西斯·科罗马蒂对此并无怨言,他浑身已经被晃散架了。福格却好像刚从床上起来一样精神饱满。

“他真是金刚不坏之身!”旅长景仰地看着他。

“是锻打出的好钢。”万事通回答,他正在准备简单的午饭。

中午十二点,向导示意该出发了。沿途的景色马上变得荒凉。茂密的森林过后是罗望子树林和低矮的棕榈树林,接着是大片干旱的平原,布满了矮小的灌木和大块的岩石。这个高伯德昆地区很少有游客,这里的居民都是宗教的狂热信徒,他们的教规是全印度最可怕的。英国对一些印度贵族的势力范围无法实施正常的统治,他们在樊特崖山区的老巢更是无法接近。

有好几次他们都看到一群群面目狰狞的印度人看到快速奔跑的大象时摆出怒气冲冲的架势。帕西向导总是尽可能地避开他们,认为碰到他们肯定会倒霉。这一天中大家很少看到动物,偶尔见到几只猴子,它们扭捏作态、挤眉弄眼,逗得万事通很是开心。

小伙子思绪万千,对一件事感到很担心。那就是到了阿拉罕拜德车站之后福格先生会怎么处置这头大象呢?带着它走?不可能!运输大象的费用加上买它的花费会让福格倾家荡产的。把它卖掉,或是放生?这个可敬的动物真让人舍不得。如果,万一福格先生把这头大象当作礼物送给万事通的话,那可真让他难办。这件事真是愁人。

晚上八点钟,他们已经翻越了芬德亚斯山的大部分地区,一行人在山北坡下的一间小破屋里歇息。

这一个白天走的路大约有二十五英里，还要再走这么远才能到阿拉罕拜德。

夜里很冷。帕西向导在小屋子里用干树枝生了一堆火，火堆产生的温暖显得十分珍贵。他们晚饭吃的都是在克尔比买的东西，人人都筋疲力尽、疲惫不堪。匆匆吃过饭后，还没说几句话，就鼾声大作，他们全都已经睡着了。向导到奇乌尼那儿看了看，它也靠着一棵大树的树干睡着了。

这一夜平安无事，偶尔几声野豹的呼啸和猿猴的尖叫打破了寂静。但是这些动物只是吼叫并没有对小屋中的人表示敌意。弗朗西斯·科罗马蒂睡得很熟，好像被疲劳打败的军人。万事通辗转反侧，在梦里又重新开始了他前一天的颠簸生活。福格睡得又香又甜，就像他在塞维尔街的家里一样平静安详。

早上六点钟，大家重新出发。向导希望当天晚上就能到阿拉罕拜德车站。这样算来，福格只损失了他出发以来节省出的四十八小时中的一小部分时间。

众人走下芬德亚斯山的斜坡。奇乌尼仍然健步如飞。将近中午的时候，向导转了个弯，来到卡兰吉尔镇，这个镇坐落在恒河的支流卡尼河畔。向导总是绕过有人居住的地区，他觉得在没有人烟的荒野反而更安全，他们现在处于大河冲击形成盆地的下陷地区。阿拉罕拜德在东北方向，离这里只有十二英里路了。大家来到一棵香蕉树下休息，树上结的香蕉像面包一样饱满，大家觉得这种“像奶油一样甜美”的香蕉非常美味。

下午两点钟，向导带领大家进入了一片茂密的森林，要走好几英里地才能走出去。他比较喜欢在树木庇护下赶路。不管怎样，到目前为止，他没遇上任何凶险，看来旅行就会这样安然无恙地顺利进行下去。突然，大象变得焦躁不安起来，它猛地停了下来。

现在是下午四点钟。

“发生什么事了？”弗朗西斯·科罗马蒂从鞍椅里探头问道。

“老爷，我也不知道。”帕西人回答，说话时他侧耳倾听，浓密的树林深处传来嗡嗡的低语声。

片刻之后，这种低语声变得更加难以听清。好像是音乐会，感觉离这里很远，有人的声音和铜乐器的声音。

万事通瞪大眼睛，竖起耳朵。福格一言不发，静观其变。

帕西人跳到地上，把大象系在一棵树上，走进树丛去探个究竟。几分钟后他回来对大家说：

“附近有一队婆罗门的僧人正向这儿走过来，我们要尽量不要让他们看见。”

向导解开大象，把它隐藏在树林里，然后他告诉大家千万不要下来。他自己也飞快地骑到大象上，万一被发现，可以马上逃跑。不过他觉得这一队僧人应该不会看到他们，树叶很密，完全把他们遮住了。

喧闹的人声和乐器声越来越近。鼓声和铙钹声中还夹杂着单调的歌声。不一会儿队伍的前部已经来到了树下，离福格一行人躲藏的地方只有五十几步。福格透过树枝悠然地看着这些人举行奇怪的宗教仪式。

走在队伍前排的是一些僧人，他们戴着头巾，穿着镶花长袍。还有一些男人、女人和孩子簇拥在他们身旁，他们好像在唱着某种葬礼圣歌，歌声不时被咚咚的鼓声和铙钹声打断。在这些人后面，有一辆大轮彩车，轮辐和轮辋上都刻有交错盘绕的毒蛇，车上有一尊面目狰狞的塑像，车子由四头披着华丽衣饰的瘤牛牵引。这个塑像有四只胳膊，身体是暗红色，双目闪着凶光，头发凌乱，口吐长舌，嘴唇被指甲花和蒌叶染成了红色。她的脖子上围着一条骷髅头穿成的项链，腰间系着一条由许多个断手接成的腰带。她站在一头趴着的无头巨兽身上。

弗朗西斯·科罗马蒂认出了这尊塑像。

“这是卡丽女神，”他喃喃自语道，“是爱情和死亡女神。”

“倒是像死亡女神，但要说是爱情女神，绝不可能！”万事通说，“她真是个丑八怪！”

帕西人示意他闭嘴。

在塑像周围，一群年老的僧侣疯疯癫癫地手舞足蹈，他们身上涂着一条一条的褐色条纹，还划开了一些十字形的口子，鲜血一滴一滴地流出来。每逢印度举行重大的宗教仪式，这些愚昧的僧人甚至会争先恐后地冲到太阳神的大车轮子底下送死。

这些老僧身后，几个僧人拖着一个身着华丽的东方服饰的女人。

这个女人很年轻，有着欧洲人的白皙皮肤。她的头上、脖子上、肩上、胳膊上、手上和脚趾上都戴满了首饰珠宝，有项链、手链、耳环、戒指，浑身珠光宝气。她身穿镶金紧身内衣，外面罩着一层薄纱，勾勒出她那窈窕的身材。

在这个女人的后面，跟着很多手持武器的守卫，相比之下更是杀气腾腾。他们腰上别着出鞘的军刀和金银丝嵌花的长手枪，抬着一顶载有一具尸体的轿子。

这是一具老人的尸体，他穿着印度贵族的华服，和生前一样，头戴珍珠头巾、身着金丝服饰、腰系钻石开司米腰带，并且佩带着印度王公的漂亮武器。

随后是一些吹鼓手和狂热的信徒组成的队伍，他们的喊叫声有时竟盖过了乐声，他们走在整个队伍的最后。

弗朗西斯·科罗马蒂神情凄然地看着这支排场的队伍，转身对向导说：

"是寡妇殉葬！"他说。

帕西人肯定了他的说法，同时伸出一个手指放到嘴唇前示意不要说话。这支长长的队伍缓缓从树下走过，不一会儿，最后的一排人也消失在了密林深处。

渐渐地，歌声听不见了，间或还能听到远处传来几声尖叫。最后，所有的喧闹都消失了，只剩下一片寂静。

费雷亚斯·福格听到了弗朗西斯·科罗马蒂刚才说的话，队伍一消失他就马上问道：

"寡妇殉葬是怎么回事？"

"福格先生，"旅长回答他，"寡妇殉葬是一种活人祭祀，是一种自愿的牺牲。刚才您看到的那个女人明天一大早就会被烧死。"

"啊！这些混蛋！"万事通大叫，他无法克制自己的愤怒。

"那具尸体是谁？"福格问。

"是一个王公，那个女人的丈夫，"向导回答，"是伯德昆属下的一个王公。"

"什么！"费雷亚斯·福格重复道，他的声音并没有显示出丝毫的激动，"这些野蛮的风俗在印度仍然存在吗，英国人难道没有把它们取消吗？"

“在印度的大部分地区，”弗朗西斯·科罗马蒂回答说，“这种情况已经没有了，但是在一些未开化的地区没有丝毫的改变，尤其是在伯德昆的领地上。芬德亚斯山北麓的所有地区都有杀人抢劫事件发生。”

“不幸的女人！”万事通嘟囔着，“要被活活地烧死！”

“是的，”旅长又说，“被烧死，如果她不被烧死的话，你们一定想象不到她以后会活得多么悲惨，她会被亲友逼到绝境。人们会剃光她的头发，只喂她几团米饭，把她赶出家门，她将被视为邪恶的化身，最后会像癞狗一样死在无名的角落里。所以，这些寡妇一想到这种可怕的情况就会屈服，她们根本不是出于爱情或是信仰宗教而自愿殉葬。不过，有时，这种牺牲是自愿的，要政府出面才能制止。几年前，我在孟买，有一个年轻的寡妇跑来请求总督允许她和她的丈夫一起烧死。可想而知，总督拒绝了她。于是那个寡妇离开了孟买，到了一个独立印度王公的领地，在那里她终于实现了殉葬的愿望。”

在旅长叙述这些话的时候，向导一直在摇头，旅长的话一说完，他马上说：

“明天早上的殉葬可不是自愿的。”

“您怎么知道？”

“这件事整个伯德昆地区的人都知道。”向导回答。

“但是那个不幸的女人好像一点都不反抗。”弗朗西斯·科罗马蒂看得很仔细。

“那是因为人们用大麻和大烟把她麻醉了。”

“她会被带到哪儿呢？”

“离这里两英里的地方有一个庇拉吉神庙，她会在那里过夜，等时辰一到就要殉葬。”

“殉葬什么时候举行？”

“明天，太阳一出来就举行。”

说完这句话，向导从密林深处牵出了大象，爬到它的脖子上。但是当他要吹哨示意大象出发时，福格阻止了他，福格对弗朗西斯·科罗马蒂说：

“我们去救那个女人吧？”

“救那个女人，福格先生！”旅长大叫。

“我已经提前了十二个小时。可以用这段时间来救人。”

“噢！您真是个好心人！”弗朗西斯·科罗马蒂说。

“有时是，”福格简单地回答，“在我有时间的时候。”

第十三章

万事通再次证明幸运总是青睐勇敢者

这个计划很冒险，难度很大，几乎是不可能成功的。福格简直在拿自己的生命冒险，至少是拿自由来赌这个计划的成功，但是他毫不犹豫。而且，他发现弗朗西斯·科罗马蒂也坚决支持他。

万事通更是时刻准备听从主人的吩咐。主人的决定让他激动万分。他发现福格冷漠的外表下有一颗善良的心和一个高尚的灵魂。他简直要爱上费雷亚斯·福格了。

那个向导呢，他会站在哪一边呢？他会向着那帮印度人吗？即便得不到他的帮助，至少他也应该保持中立。

弗朗西斯·科罗马蒂直截了当地向他提出这个问题。

“大人，”向导说，“我是帕西人，这个女人也是帕西人。您尽管吩咐我好了。”

“很好，向导。”福格回答。

“不过，你们要清楚，”帕西人又说，“我们不仅要冒生命的危险，而且一旦被抓，就会受到可怕的酷刑。情况就是这样，你们要想清楚。”

“我们都想过了，”福格说，“我认为我们是否应该等到晚上再行动呢？”

"我也这么认为。"向导说。

这个正直的印度向导向大家详细讲述了这个印度女人的情况。她是印度有名的美女,是帕西人,父亲是孟买的一个富商。她在孟买受过完全英式的教育,无论是言谈举止还是文化修养,她都会被看成是个欧洲人。她叫阿妩达。

父亲死后她就成了孤儿,被迫嫁给了伯德昆的一个老王公。三个月后,她就成了寡妇,得知等待着她的命运便逃跑了,可是很快就被抓了回来,她的死对头、王公的亲属为了不让她活命,所以要她接受这个似乎无法逃脱的酷刑。

这个故事使福格和他的同伴更坚定了他们实施善举的决心。大家决定由向导牵引大象到庇拉吉神庙,他们要尽可能地接近这个庙。

半小时之后,大家在一丛矮树下休息,这里离寺庙有五百步远,不会被人看到;但是仍可以清楚地听到那些人狂热的叫喊声。

众人商量了救人的方法。向导对这座庙很熟悉,他肯定那个女人被囚禁在里面。当那些人都喝醉睡熟的时候,能不能破门而入或是在墙上打个洞进去救人呢? 现在大家还不能决定。但是有一点是肯定的,救人行动只能在今天夜里进行,天一亮,那个女人就会被烧死。那时,任何行动都无法救她了。

福格和他的同伴等待着夜幕降临。天刚一擦黑,他们就开始熟悉寺庙周围的地形。这时,僧人的叫喊声停了下来。按照习俗,他们喝了一种掺有大麻和鸦片汁的"昂格酒",现在这些印度人已经烂醉如泥,要是从他们中间穿过去溜进庙里应该是可能的。

帕西向导带领着福格、弗朗西斯和万事通悄无声息地穿过树木匍匐前行。他们在橡树下爬了十分钟，到了一条小河边，在这里，借着铁火把尖上燃烧的树脂发出的微光，他们看到一堆木柴已经架好，这就是举行殉葬的祭坛，这些木头都是浸过香油的珍贵的檀香木。木柴上面放着那个包裹着的王公的尸体，他要和他的妻子一同被烧掉。离这个祭坛一百步的地方有一个宝塔，塔尖高高耸立在树木的黑影之上。

“快来！”向导低声说。

大家加倍小心地随他在草地上悄悄向前滑动。

四周一片寂静，只听到风吹树枝发出的低吟。

很快，向导停在一片林中空地的边上。几支火把把这里照得雪亮。地上横七竖八地躺着一群一群熟睡的人，因为喝醉了酒他们睡得很沉。这里像是个尸横遍地的战场。男人、女人和孩子都混在一起，几个醉鬼还时不时发出沉重的喘气声。

空地后面，庇拉吉神庙屹立在树丛中间，有些看不大清楚。让向导很是失望的是，在几支熊熊燃烧的火把的照耀下，几个僧人守在门口，他们手持利刃在门口走来走去。门里肯定也有僧人把守。

帕西人不再往前走了。看来强行闯入庙里是行不通的，于是他带领众人退了回去。

费雷亚斯·福格和弗朗西斯·科罗马蒂也明白这样不行。

他们停下来低声交谈。

“我们再等等，”旅长说，“现在才八点钟，这些看守可能一会儿就会困了。”

“这很有可能。”帕西人回答。

费雷亚斯·福格和他的同伴躺在一棵树下等候时机。

等待的时间对他们来说好长啊！其间向导曾起来好几次透过树木观察那边的动静。那些看守的僧人始终在火把的照耀下巡视，庙里也透出很强的火光。

大家一直等到半夜。情况始终没变。门外的守卫依然在那里。显然不能再寄希望于看守的疏忽了。他们很有可能没有喝“昂格酒”。看来要另想办法另外打开一个入口进入庙内。还有一个问题，就是要弄清楚庙里边的僧人是否和门外的看守一样戒备森严。

大家又最后商量了一遍，向导说可以出发了。福格、弗朗西斯和万事通紧随其后。他们绕了一大圈，来到庙的背面。

快十二点半了，他们来到寺庙的院墙下，没有见到一个人。这里没有任何人看守，但是这里连一扇门一扇窗都没有。

夜深了。月亮降得很低，快要从地平线退去了，厚厚的云层遮住了它。高高的树木使夜色更加沉重。

然而，仅仅到达墙脚是不够的，还要想办法挖出一个入口。福格和其他人只有一个小刀可以用。幸好寺庙的墙是用砖和木头建成的，并不难挖开。挖开第一块砖后，其他的砖也就容易挖掉了。

大家埋头干了起来，同时尽量少发出声音。帕西人站在一边，万事通站在另一边，两人一起拆砖头，争取打开一个能容两脚的入口。

大家继续工作，突然庙内传来一声叫喊，几乎同时庙外也传来其他人的回应声。

万事通和向导马上停了下来。有人注意到了他们？人们醒了吗？为谨慎起见，他们不得不退了回去，福格和弗朗西斯也退了回去。他们重新躲藏在树下，一旦危险过去了，再回去接着挖洞。

可是，情况糟糕透顶，这些僧人来到庙后，在这里也安置了守卫以防其他人接近。

四个人别提有多绝望了，他们不得不停下这个挖洞的工作。现在他们再也无法接近那个女人了，那么怎样救人呢？弗朗西斯攥紧拳头，强压怒火。万事通不禁勃然大怒，那个向导也是怒不可遏，只有福格无动于衷，看不出他有任何感情变化。

“看来我们只有走了？”旅长低声地说。

“我们只能走了。”向导也说。

“等等，”福格说，“我明天中午之前到达阿拉罕拜德就可以。”

“可是您想怎么样呢？”弗朗西斯对他说，“再过几个小时，天就要亮了。”

“失去的时机在紧要关头会再次出现。”

旅长真恨不得从福格的眼中看出他究竟是怎么想的。

这个冷静的英国人打算怎么办呢？难道他想在举行殉葬时冲到那个女人面前，在众目睽睽之下把她从刽子手的刀下劫走吗？

这个念头太可怕了，怎么能让他干这种疯狂的事呢？不过，弗朗西斯还是同意留下等到殉葬开始再想办法。这次，向导没有让他们再藏在原来的地方，他把他们领到那块空地的前面。他们藏在一棵树的后面，这里可以看到那些睡着的人。

然而万事通却爬到这棵树最高的地方,他在反复考虑刚才闪现在他脑海中的一个办法,这个念头就像一道闪电,唰地照亮了他的大脑,然后便牢牢地嵌在那里,挥之不去。

他自言自语道:“太发疯了!”接着又反复地说,“为什么不行,有什么可怕的?这是个机会,可能是唯一的机会,虽然是头脑发热!……”

万事通不管怎么做,都想不出别的办法。他立刻沿着这棵树较低的树枝向前爬去,像一条蛇一样无声地缓缓向前滑动。这棵树的树枝一直伸到那片空地上。

几个小时过去了,天边很快出现了几缕微光,天快亮了。但是夜色依旧很浓。

时辰到了。这群昏睡的人好像复活了一般,重新喧闹起来。阵阵鼓声又响起来。歌声、叫喊声重又闹成一片。那个不幸的寡妇马上就要被烧死了。

这时,庙门开了。门里闪出一道强光。福格和弗朗西斯完全能看清那个女人,火光把她照得很亮,两个僧人正把她向外拖。这个女人虽然被迷药麻醉了,但是仍然出于自卫的本能想要挣脱刽子手的摆布。弗朗西斯的心狂跳起来,他一下子抓住了福格的手,他发现福格的手里握着一把刀。

这时,那群人骚动起来。那个年轻的女人又被大麻熏得晕了过去。她被押送着从正在背诵经文的众僧人中间穿过。

福格和其他人混到最后一排人中间跟着她向前走。

两分钟之后,他们到了河边,在离柴堆搭成的祭坛不到五十步的地方停了下来,祭坛上放着那个王公的尸体。在半明半暗的火光中,他们把那个已经完全没有反应的女人平放在她丈夫的尸体旁。

有一个人举着一支火把走近柴堆,浸过油的木柴立刻燃烧起来。

就在这时,福格突然像发疯了一样想要冲向柴堆,弗朗西斯和向导一把按住了他……

福格把他们推开。突然,情况发生了变化。人群中发出了一声恐怖的尖叫。所有的人突然匍匐在地,惊恐万分。

那个老王公竟然没有死,只见他从台子上一下子站了起来,像个幽灵似的双臂抱着那个年轻的女人走下了祭坛,烟雾火光中他的样子像鬼一样可怕。

那些僧人、守卫和信徒陡然惊恐万分,伏面在地,不敢抬一下头,一眼都不敢看这幅恐怖的情景!

那个女人躺在一双有力的臂膀中一动不动,就像没有重量一样。福格和弗朗西斯一直站在原地没动。那个帕西人害怕得低下了头,万事通,大概已经吓破了胆吧!……

这个复活的死尸竟然一直走到福格和弗朗西斯站着的地方,清楚地对他们说话:

"快走!……"

这个人正是万事通。他刚才一直爬到滚滚浓烟中的柴堆上!就是他借着黑暗的掩护把这个年轻的女人从死亡之神那里搭救了出来!就是他勇敢地从那些吓晕了的人群中走了出来!

不一会儿,这四个人就消失在层林之中,大象载着他们快速地奔跑。他们身后喊声、叫声响成了一片,甚至有一颗子弹还打穿了福格的帽子,那些人肯定已经识破了他们的把戏。

因为滚滚燃烧的柴堆上还放着那个老王公的尸体。众僧人从恐惧中清醒过来,明白是人被劫走了。

那些人立刻冲进了树林,守卫的士兵也跟了进去。他们开枪射击,但是福格他们已经快速逃脱了,片刻的工夫,他们已经逃出了子弹和利箭的射程。

第十四章

福格沿着迷人的恒河山谷而下，却无心赏景

大胆的劫人计划获得了成功。一个小时之后,万事通还在为他的胜利沾沾自喜。弗朗西斯紧紧握着这个勇敢的小伙子的手,向他祝贺。他的主人也对他说:“好。”这个“好”字出自这位绅士之口简直就是一个至高的奖赏。万事通回答说这一切都要归功于他的主人。他自己只不过是想出了一个“可笑的”主意而已。他一想到就在刚才,他,万事通,前体操教练,前消防队中士,居然成了那个迷人女子的丈夫,一个裹满香料的老王公,就觉得十分好笑!

那个印度女子对这一切仍是全然不知。她裹在毯子里在一个鞍椅里睡着了。

帕西人驾驭着大象在漆黑的森林中快跑。离开庇拉吉神庙有一个小时了,他们又穿过了一块平原地带。七点钟时大家停下休息。那个年轻的女人一直昏迷不醒。向导给她灌了几口水和白兰地,但是看来她受的惊吓太大,还要过一段时间才会醒过来。

弗朗西斯知道人吸入大麻熏烟后会迷醉不醒,所以并不为她担心。

旅长并不为这个年轻印度女人的康复发愁,但是他却很为她的将来忧

虑。他毫不犹豫地对福格说如果阿妩达夫人留在印度的话，她必然会重新落入那帮刽子手的魔爪。他们的信徒遍布印度半岛，而且，英国警方对他们根本不起作用，他们一定会重新找到殉葬者，不管这个人逃到马德里、孟买还是加尔各答，他们都能找到。旅长还讲了一件最近发生的类似事件。他认为，这个女人只有离开印度才能真正安全。

费雷亚斯·福格回答说他会考虑旅长的话，他会认真思考这件事。

将近十点钟时，向导告诉大家已经到了阿拉罕拜德车站。中断的铁路在这里会继续下去，火车最多一天一夜就可到达加尔各答。

费雷亚斯·福格必须准时赶到加尔各答，他要赶第二天（也就是10月25日）中午从那里开往香港的轮船。

他们把那个年轻女人安排在车站一个房间里休息。万事通负责去为她买一些洗漱用品，以及裙子、披肩、皮衣等等一切他能找到的东西。他的主人对他花钱的数目从不限制。

万事通立刻跑到城里的街上买东西去了。阿拉罕拜德是一个宗教胜地，是印度朝圣信徒最多的城市，因为它位于两条大河——恒河和祖母纳河的交汇处，它吸引了整个印度半岛的信徒。根据罗摩衍那记载，恒河本来发源于天上，多亏了梵天[①]，它才来到了地上。

万事通买东西的时候，顺便在城里逛了逛。这里以前有一个雄伟的碉堡，现在这座碉堡已经变成了一个国家监狱。这里以前的工商业也十分发达，现在却既没有商业，也没有工业。万事通本来想找一个时装店，就像英

① 婆罗门教中宇宙的缔造者。

国摄政街费门百货那样的商店，但是他只找到了一家犹太老人开的旧货铺，在这里他找到了要买的东西：一件苏格兰料子的长裙、一件宽大的大衣、一件漂亮的水獭皮皮袄。他毫不犹豫地付了七十五英镑，就兴高采烈地回到了车站。

阿妩达夫人慢慢醒了过来。那些僧人对她的恐怖影响已逐渐消失，她的双眼重新恢复了印度女性特有的温柔。

诗王乌萨夫·乌朵儿在赞颂美丽出众的阿美那加拉王后时，曾写诗云："她那闪亮的长发，均匀地披在两肩，衬托出精致白皙的面颊，光洁清新；她那乌黑的双眉，宛如爱神卡玛的神弓，细细弯弯；光滑如丝的长睫毛下，黝黑的眸子，清澈的眼睛秋波荡漾，仿佛喜马拉雅山圣湖反射出的最纯的天堂之光；她的牙齿光滑洁白、整齐匀称，在微笑的双唇间闪光，就像半开的石榴花心里晶莹的露珠；她的耳朵玲珑娇小，曲线对称；她的双手粉嫩，双脚丰腴柔滑，如同莲花的苞蕾，那是锡兰最美的珍珠在闪光，那是各尔贡最美的钻石在耀眼；她的细腰柔软，一手足可环抱，烘托出曲线饱满的丰胸，那是怒放的花朵般绚烂的青春财富；褶皱层层的长裙下，美妙的身姿仿佛经过维克瓦卡尔马的圣手精心雕琢，如同纯银制成的美丽雕塑。"

尽管我们没有这些夸奖之词来赞美阿妩达夫人的容貌，但是可以说伯德昆的那个王公的妻子符合一切欧洲审美的标准。她的英语纯正，那个帕西人丝毫没有夸张，她的确受到了良好的英式教育。

火车马上就要离站了。帕西人等福格给他报酬，福格按照说好的价钱，一分也没有多付。这让万事通觉得很奇怪，他觉得他的主人应该感谢这个向导。帕西人差点为救人送了命，如果以后那些印度人找到他，他很有可能会受到报复。

奇乌尼也是个问题。这头花高价买来的大象将怎么处理呢?

福格早有安排。

“帕西人,你的服务很好,人也很可靠,我已付了服务费,但是还没有感谢你的忠诚。你想要这头大象吗?它是你的了。”

向导的双眼都放光了。

“您要把这个巨大的财富赏给我吗?”他叫起来。

“接受它吧,向导,”福格说,“我把它送给你。”

“太好了!”万事通叫道,“帕西朋友,奇乌尼是头正直勇敢的大象!”

他说着走到大象跟前,递给它几块糖,对大象说:

“来,奇乌尼,吃吧,吃吧!”

大象满足地哼哼了几声。然后,它用长鼻子圈住万事通的腰,一直把他举到头顶。万事通一点都不害怕,他轻轻地抚摸着大象。接着,大象又把他放到了地上,这个正直的小伙子用手抚摸着这头正直的大象奇乌尼。

过了一会儿,福格、弗朗西斯、万事通登上了火车,他们来到了一个很舒服的车厢安顿下来,阿妩达夫人坐了最好的位置,火车吐着巨雾向贝拿勒斯全速驶去。

那里离阿拉罕拜德有八十多英里,火车要走两个小时。

旅行中,这位年轻夫人已完全清醒了;“昂格酒”的麻醉效果已经失去了作用,她不再头昏脑涨。

当她发现她正在火车的车厢里,穿着欧洲人的衣服,和几个她完全不认识的人一起旅行时,别提她有多吃惊了!

大家先是对她表示了关心并且给她喝了几口酒，然后旅长向她讲了事情的经过。旅长说多亏了费雷亚斯·福格，是他毫不犹豫地甘冒生命危险救她，而最后，是万事通的勇敢计谋使得她获救。

福格对旅长的叙述没有说一句话。万事通却有些不好意思，他一直反复地说这不算什么！

阿妩达夫人眼含热泪，深深地感谢她的救命恩人，她激动得不知说什么好。她那双美丽的大眼睛充满了感激之情，胜过一切言辞。她回想在祭坛前的情景，想到印度这块土地对她来说杀机四伏时，她不禁害怕得发抖。

福格非常理解她现在的心情，他只是冷冷地对她说可以把她一直送到香港，等这件事情平息之后她再回来。

阿妩达夫人感激地接受了他的好意。她说她在香港有一个亲戚，也是帕西人，那个人还是香港有名的商人。香港虽然位于中国南部，但却是完全英国式的统治。

中午十二点半，火车在贝拿勒斯站停下。婆罗门教传说这座城市就是卡西旧城的遗址，当时这座城和穆罕默德的陵墓一样悬于天地之间。但是，现在看来，被东方人称为印度雅典的贝拿勒斯也是建在土地之上，并没有什么特殊。万事通有时还瞥见一些砖瓦的房屋和木柴搭建的茅草屋，完全是一派破败不堪的景象，毫无地方特色。

弗朗西斯·科罗马蒂已经到了他的目的地。他要找的部队就驻扎在城北几英里以外。旅长在这里向福格告辞，祝他能够取得成功，并希望他如果再进行这样的旅行时采用一种更合乎情理更常规的方式。福格轻轻地拍了拍旅长的手。阿妩达夫人饱含深情地向旅长致谢道别。她永远都不会忘记弗朗西斯先生对她的大恩。万事通紧紧地握住旅长的手，既荣幸又激动，他心里想不知何时何地能再为这位先生效劳。

从贝拿勒斯起，铁路线进入了恒河山谷地区。透过火车的车窗玻璃，可以看到外面天气晴朗，比哈尔地区地形多变、层峦叠嶂，田里种着大麦、玉米、小麦，小河和水塘里栖息着众多的鳄鱼，这里有整齐的村落、翠绿的森林，几头大象和瘤牛在圣河里洗澡。尽管季节更替，天气已经变得寒冷，仍能看到成群的印度男女虔诚地接受圣洗。这些信徒反对佛教，是婆罗门教的狂热信徒，婆罗门教有三个转世活佛：太阳神毗湿奴、自然之神湿婆和掌管一切教徒以及立法者的梵天。然而，当毗湿奴、湿婆、梵天看到汽船行驶在圣河上，嘶叫的鸣笛响彻在河水的上空，惊走了盘旋的海鸥、吓跑了岸边成群结队的乌龟和遍布两岸的信徒时，他们会怎样看待现在的这个英国统治下的印度呢？

窗外的这一切景象都风驰电掣地一闪而过，美丽的风景总是被阵阵白色的烟雾遮挡，让人看不真切。旅客们只能隐约看见距离贝拿勒斯东南二十英里远处比哈尔王公们的旧城堡舒拿堡、佳兹铺以及一些制造玫瑰露的大工厂，还有位于恒河左岸的科瓦立斯勋爵墓，以及城防坚固的工商业大城布萨尔城和印度最主要的鸦片市场帕特纳城，还可以看到最欧化的蒙吉尔，这个城市很像英国的曼彻斯特和伯明翰，以冶炼和制造铁具兵器而闻名，城里高耸的烟囱冒出的浓浓黑烟染黑了整个卡拉马活佛的天空，在这个梦幻的魅力国度，这可真是大煞风景！

夜幕降临了，远处传来老虎、黑熊、恶狼的吼叫声，它们被火车赶得四处奔逃。火车飞快地向前行驶，车外再漂亮的景色也看不到了，什么孟加拉、各尔贡、吉尔旧址，什么前首都穆尔西得拜得，什么布尔敦、乌各里，以及法国在印度的势力范围尚德纳格尔都被夜幕所吞噬，万事通要是看到他祖国的国旗在这里飘扬一定会很自豪！

早上七点钟，火车终于到了加尔各答。从这里驶往香港的船要等到中午才起锚。福格有五小时的空余时间。

按照他的旅行路线，他应该在 10 月 25 日，也就是离开伦敦二十三天后到达印度的首都，他已经准时到达，既没有提前，也没有推后。遗憾的是，他从伦敦到孟买节省的那两天时间在穿过印度时又损失掉了，我们都知道原因了。但是可以肯定福格对此并不后悔。

第十五章

那个装钞票的包里又少了几千英镑

火车在车站停了下来。万事通第一个从车厢里跳了出来,福格跟在他后面,他扶着阿妩达夫人下到站台上。福格打算直接到开往香港的船上去,以便先把阿妩达夫人安顿好,他不愿意让她一个人待着,这个国家对她来说随时都有危险。

就在福格先生正要离开车站的时候,一个警察走过来对他说:

“费雷亚斯·福格先生吗?”

“是我。”

“这个人是您的仆人吗?”那个警察指着万事通问道。

“是的。”

“请你们两个跟我走一趟。”

福格没有流露出一丝一毫的吃惊。警察就代表法律,对所有英国人来说,法律是神圣不可侵犯的。万事通出于法国人的习惯想申辩,但是那个警察用警棍碰了他一下,福格示意他听从警察的吩咐。

“这位年轻的夫人可以和我们一起去吗?”福格问。

“她可以。”警察说。

警察把福格、阿妩达夫人和万事通带到一辆两匹马拉的四轮四座的车上。马车出发了。路上没有一个人讲话,大约走了二十分钟。

马车先经过了“贫民窟”,这里街道狭窄,两边低矮的窝棚里住着许多肮脏不堪、衣衫褴褛的流浪者;马车接着来到了欧洲人居住区,这里排列着漂亮的砖墙房屋,街道两旁高大浓密的椰子树可以遮阳,尽管还是清晨,那些神态高贵的骑士和马车已经川流不息了。

马车在一栋房子前停了下来,这栋房子虽然貌似平常,但却不是普通人家的房子。警察让车里的犯人下车——我们的确可以这么称呼他们——把他们带到一间有铁栏杆窗子的房间,对他们说:

“奥巴迪亚法官八点半会传唤你们。”

他说完就锁上门出去了。

“天哪!我们被关起来了!”万事通在房子里大叫,最后一屁股跌坐在椅子里。

阿妩达夫人马上转向福格,她努力想抑制住自己的激动,但是她的声音却很颤抖,她说:

“你们应该把我留下!都是因为我你们才会被跟踪!都是因为要救我!”

费雷亚斯·福格只是说这不可能。不可能为了火葬的事被抓!这是不会的!那些人怎么敢到这里告状?一定有误会。福格又说,他无论怎样都不会把这个女人撇下不管,他会一直把她送到香港。

“但是船中午十二点就开了!”万事通提醒主人。

“中午之前我们会上船。”这位了不起的绅士只是简单地说道。

他这么斩钉截铁,万事通也不得不自言自语道:

"当然！这是一定的！中午之前我们肯定会上船的!"可是他一点也没把握。

八点半,房门打开了。那个警察又来了,他把这三个犯人带到隔壁一间房子。这是一个审判庭,旁听席里坐着很多人,有欧洲人,也有当地人。

福格先生、阿妩达夫人和万事通在法官和书记员对面的凳子上落座。

这位法官就是奥巴迪亚法官。他几乎和福格他们同时进来,后面跟着书记员。这是个胖胖的像球一样的男人。他从一个钩子上取下假发迅速戴到头上。

"第一个案子。"他说。

但是,他忽然用手摸着头说:

"嘿！这不是我的假发!"

"是的,奥巴迪亚先生,这是我的。"书记员说。

"亲爱的奥斯代彼夫先生,您怎么能让一位法官戴着书记员的假发宣判呢!"

接着他们换回了各自的假发。在这段开庭前的时间,万事通早已急得像热锅上的蚂蚁,庭里的大胖钟表盘上的指针飞快地向前走,他看得心惊肉跳。

"第一个案子。"奥巴迪亚法官重新发话。

"费雷亚斯·福格?"书记员叫。

"我在这儿。"福格回答。

"万事通?"

“到!”万事通回答。

“很好!”奥巴迪亚法官说,“被告,我们两天前就在所有从孟买发出的火车上搜寻你们了。”

“但是你们凭什么告我们?”万事通不耐烦地叫道。

“你们马上就知道了。”法官回答道。

“先生,”福格说,“我是英国公民,我有权……”

“有人对您不敬吗?”奥巴迪亚问。

“一点没有。”

“好! 带原告。”

随着法官一声令下,门开了,一名执法员带进来三个僧人。

“就是他们!”万事通嘴里嘟囔着,“就是这几个流氓想要烧死我们的这位女士!”

这几个僧人站在法官面前一言不发,书记员高声诵读诉状,上面说福格和他的仆人亵渎了婆罗门教圣地。

“你们听到了吗?”法官问费雷亚斯·福格。

“是的,先生,”福格边回答边看他的表,“我承认。”

“啊! 您承认?”

“我承认,我也想听听这三位僧人在庇拉吉神庙要干什么。”

这三位僧人面面相觑。他们好像一点也不明白福格的话。

“我知道!”万事通突然激动地大叫,“他们是想在庇拉吉神庙前烧死人来殉葬!”

这三位僧人顿时惊慌失措,奥巴迪亚法官也大吃了一惊。

“什么罪名?”他问,“要烧死谁? 就在孟买?”

“在孟买?”万事通大叫。

“不是。不是庇拉吉神庙,是孟买的玛勒巴山神庙。”

“我们有罪证,这是亵渎圣地者的皮鞋。”书记员插话,说着把一双皮鞋放到桌子上。

“我的皮鞋!”万事通叫道,他看到自己的鞋,不自觉地叫了一声。

可以想象这一主一仆的头脑此刻有多糊涂。他们早已忘记了在孟买神庙里的事情,但就是因为这件事他们才被带到了加尔各答的法官面前。

实际上,菲克斯侦探早就看到万事通制造的这件麻烦事会对他有好处。他把出发的时间推迟了十二个小时,他跑去鼓动玛勒巴山神庙的僧人告状;说他们可以得到一大笔赔偿,因为英国政府对这类有损宗教礼仪的事件处罚十分严厉;然后他让这三个僧人乘下一班火车跟踪渎圣者的行踪。但是,因为福格一行解救年轻寡妇耽误了时间,菲克斯和这三个印度人就比福格他们先到了加尔各答,而加尔各答的法院已接到通知,等福格他们一下火车就抓获他们。要知道当菲克斯到加尔各答后发现福格还没到印度首都时,他有多失望。他猜想这个贼会不会在半岛铁路线上的一个小站下了车,会不会在北方的省份躲了起来。在他提前到的二十四个小时里,他简直要急死了,他在火车站焦急地等待福格的出现。这一天早上,当他看到福格和一个不知道从哪儿冒出来的年轻夫人一起下车时,他欣喜若狂,立刻冲到一个警察那里报告,于是福格、万事通和那个王公的妻子就被带到了奥巴迪亚法官面前。

如果万事通不是那么全神贯注地听法官说话,他就会看到在旁听席一角坐着的侦探菲克斯，这个人一直听得很专心，这很容易理解——因为在加尔各答和在孟买、苏伊士的情况一样，他始终都没拿到逮捕令！

可是奥巴迪亚法官却注意到了万事通已经承认了，他不小心说出的话证明了这件事的确是他所为。

“你们认罪吗？”法官问。

“我们认罪。”福格毫无感情地说。

“由于，”法官又说，“由于英国的法律同样严格保护印度人民的所有宗教信仰，万事通先生供认他曾在10月20日用一只脚玷污了孟买玛勒巴山神庙的地面，法庭宣判万事通先生十五天监禁并罚款三百英镑。”

“三百英镑？”万事通大叫，他很吃惊罚金有这么高。

“肃静！”执法员高声尖叫。

“还有，”奥巴迪亚法官又说，“由于没有可靠证据证明主人和仆人串通，但是主人还是应该为他所雇用的这位仆人的行为负责，所以判处费雷亚斯·福格先生八天监禁，并罚款一百五十英镑。书记员，下一个案子！”

菲克斯在角落里表现出一种难以形容的满足。费雷亚斯·福格要在加尔各答关八天，用不了八天他就能收到逮捕令。

万事通一下子蒙了。这个宣判会让他的主人倾家荡产。两万英镑的赌注就要丢了，而这都是因为自己在路上瞎逛，进了那个该死的破庙！

他的主人费雷亚斯·福格却若无其事，就好像这个宣判和他无关，连眉毛都没有皱一下。但是当书记员要叫下一个案子的被告时，他站起来说：

“我要保释。”

“这是您的权利。”法官回答。

菲克斯的背部冒出了寒意,但是当他听到法官下面的话时他又放心了。法官说:“鉴于外籍人士费雷亚斯·福格和他的仆人的罪行,每人需交一千英镑的高额保释金方可保释。”

如果福格不想服刑的话,他就必须交这两千英镑。

“我付。”这位绅士回答。

说着他从万事通拿着的那个袋子里取出一沓钞票,放在书记员的桌子上。

“等你们什么时候来服刑期满后,这笔钱就还给你们,”法官说,“现在你们被保释可以走了。”

“走吧。”费雷亚斯·福格对他的仆人说。

“可是,至少,要让他们把鞋还给我!”万事通张牙舞爪地嚷嚷。

他拿到了他的皮鞋。

“你可真值钱!”他嘴里嘟嘟囔囔,“每只鞋值一千多英镑!还不是很合脚!”

万事通真是可怜。福格让阿妩达夫人挽着他的胳膊跟在后面。菲克斯刚才一直在希望他追的这个贼不要交这笔两千英镑的保释金,希望他能在监狱里关上八天。现在,他只好接着跟踪福格。

福格叫了一辆车,阿妩达夫人、万事通和他立刻上了车。菲克斯跟在车子后面,车子很快停在城里的一个码头上。

半英里之外,“仰光号”停泊在港口,出发的信号旗在桅杆上高高飘扬。十一点的钟声敲响了。福格早到了一个小时。菲克斯看着他从车上下来,然后和阿妩达夫人以及万事通一起上了小船。这个侦探跺着脚咬牙切齿:

“无赖！居然又溜掉了！扔了两千英镑！这个贼真是花钱如流水！啊！好吧，到天涯海角我也会跟着你；可是，他这样走下去，偷来的这笔钱早晚会花光的！”

侦探陷入了沉思。的确，福格离开伦敦后，旅行费和额外的费用，加上买大象的钱和保释金，他在路上已经挥霍了五千多英镑。这样，按照奖金的比例，菲克斯侦探可能得到的钱就会越来越少。

第十六章

菲克斯假装什么都不知道

“仰光号”是半岛和东方公司的轮船，专门走到中国和日本的航线，它是一艘带螺旋桨驱动器的钢铁蒸汽船，总吨位为十七吨[①]，额定马力为四百。它的速度能和“蒙古号”相媲美，但是却不如“蒙古号”舒服。所以阿妩达夫人在船上并没有像福格所希望的那么舒服。但是，只是三千五百海里的航程，只需要十一或十二天，这位年轻的夫人也并不是要求很高的乘客。

在刚开始的几天，阿妩达夫人对福格有了更多的了解。一有机会，她就向福格表达她最深切的感激之情。这个冷静的绅士只是听着，至少表面看来，他极其冷漠，不管是语调还是动作，都看不出他有一丝感动。他只是确保这位年轻的夫人在船上什么都不缺。过几个小时，他就会来看看她，或是随便聊几句，或是干脆只听她说话。他在她面前彬彬有礼，像是在严格履行责任，但是他的举止却表现出他对她的关切，同时又像木头人似的让人琢磨不透。阿妩达夫人只是猜想这位绅士的事情，并不了解很多。万事通已经向她讲过一些他主人的古怪脾气。他告诉她是因为一次打赌才使这位绅士

---

① 原文如此，估计应为1700吨。

要环游地球的。阿妩达夫人笑了;不管怎样,是这位绅士救了她,据和他在一起的这些天里她对他的了解,她认为她的救命恩人不会输。

阿妩达夫人相信那个印度向导对她说的这个动人的救人故事。她实际上属于本地人当中最高贵的种族。帕西人很多都在印度经商,他们生意做得很大,都是棉花生意。其中有一个詹姆士·杰吉伯伊被英国政府封了爵位,阿妩达夫人就是这个住在孟买的富商的亲戚。她想要投靠的香港的这个人是杰吉伯伊先生的堂兄。她这个亲戚会收留她帮助她吗?她自己都不能肯定。福格凭什么告诉她不用担心,一切都会安排妥当呢?这是他常说的话,他一贯自信。

这位年轻的夫人知道这个吗?我们不清楚。反正,她只是睁着大大的眼睛盯着福格的眼睛,这双动人的眼睛"像喜马拉雅山圣湖般清澈"!可是这位刀枪不入的福格先生,和平时一样正襟危坐,一点不为这湖水所动。

"仰光号"开头的这段路程走得很顺利。天气十分适于航行。这一段水手称为"孟加拉的怀抱"的海湾对轮船十分有利。"仰光号"很快就到了大安达曼岛,这座岛是群岛中最大的主岛,岛上风光秀丽的鞍峰山有二千四百英尺高,航海者老远就能看到这座岛。

船沿着岛的海岸线从它近旁驶过。岛上的帕浦阿斯土人一个都没出现。这些人属于最不开化的种族,但是说他们吃人肉却也不符合事实。

从船上欣赏座座岛屿的全貌和各异的风光真是美不胜收。放眼望去,岛上森林茂密,遮天蔽日,有浦葵、槟榔、竹子、肉豆蔻、柚木、大含羞草和高大的蕨类植物。森林后面,显现出远山秀丽的侧影。山坡上空飞翔着成千上万的稀有金丝燕,它们的巢穴在中国是一道稀有佳肴——燕窝。但是安达曼群岛上的这些各异的风光很快就从眼前过去了，“仰光号”朝着狭窄的马六甲海峡快速驶去，从这里过去就是中国海。

阴差阳错卷入这次环球旅行的菲克斯警探这段时间在干什么呢？离开加尔各答时，他做了一些安排，他让警方一旦接到逮捕令就马上给他寄到香港。安排妥当后他才登上了“仰光号”，他没有让万事通发觉，他想一直躲到船到达终点。说实在话，他很难解释为什么自己也会在船上，也很难像在孟买时那样不引起万事通的怀疑。然而，世事难料，冥冥中自有安排，他又和这个正直的小伙子见面了。怎么回事呢？事情是这样的。

现在这位侦探的所有希望和幻想都寄托在世界上唯一的一个地方——香港。因为轮船只在新加坡停留很短的时间，他没有时间采取行动。到了香港，或者他可以逮捕这个贼，或者这个贼再次逃脱而且永远不可能再抓到了。

因为香港仍然属于英国管辖范围，但是它是这次旅行中最后一个可能抓到福格的地方了。过了那儿后，中国、日本、美国都有可能给福格提供庇护。如果菲克斯在香港能收到逮捕令，他就会逮捕福格并把他交给当地警方。这不会有任何困难。但是出了香港，只凭一张逮捕令就不行了，还需要引渡声明。那时，拖延、缓慢。各种困难都会让这个混蛋有机可乘，最终会让他逃出法网。所以，如果在香港不能成功抓获这个贼，就很难或者说不可能再把他抓捕归案。

“所以，”菲克斯待在他的舱室里好几个小时一直在反复地说，“所以，或者在香港接到逮捕令抓获这个人，或者逮捕令还没到香港，那么，我这次一定要不惜一切代价耽误他离开香港！在孟买和加尔各答我都没有成功！

如果在香港再失败的话,我就会名誉扫地!无论如何,我一定要成功。但是必要时用什么办法能拖住他呢,拖住这个该死的福格,不让他再往前走呢?"

菲克斯决定孤注一掷,他决定向万事通和盘托出,告诉他他的主人是个什么样的人,并且劝他不要成为他的共犯。万事通听到这些以后一定害怕成为共犯,说不定会站到自己这一边。不过,这是一个冒险的主意,只有在实在没有其他办法时才可以这样做。否则,万事通只要向他主人透漏一个字就会把这件事彻底弄糟。

侦探真是为难极了,当他看到阿妩达夫人在福格的陪同下一同登上"仰光号"时,他又有了新的希望。

这位年轻的夫人是谁?福格怎么会和她在一起?一定是在孟买和加尔各答之间这段时间发生的事。可是他们是在什么地方碰到的呢?福格和这位年轻女人是意外相遇的吗?这位绅士的印度之行是不是就是为了和这位迷人的女人碰头呢?她真是太迷人了!菲克斯在加尔各答法庭的旁听席上就已经见识过她的美貌了。

可以理解菲克斯有多么吃惊。他猜想这是不是和绑架案有关。是的!肯定是绑架!这个念头牢牢地占据了他的脑海,他认识到可以拿这件事做文章。不管这位夫人结婚了没有,这都是绑架,这件事会给福格在香港带来金钱也解决不了的麻烦。

不过不能再等到"仰光号"到香港之后再采取行动。这位可恶的福格有种恶习,他总是飞快地从一艘船跳到另一艘船,还没等你开始行动,他已经跑得很远了。

所以关键是在福格下船之前提前把"仰光号"到达的时间通知英国驻

港机构。否则，一切都不可能，因为这艘船中途在新加坡停靠，而新加坡可以和中国互通电报。

在采取行动之前，为了更保险起见，菲克斯决定问一下万事通。他知道让这个小伙子讲话并不难，他决定不再隐藏自己的行踪。不能再浪费时间了。现在是 10 月 30 日，第二天“仰光号”就要到新加坡。

于是，这一天菲克斯从他的舱室走了出来，他登上甲板，装出“第一次”在船上碰到万事通的吃惊样子接近这个小伙子。万事通在前面散步，菲克斯侦探快步赶上他叫道：

“你也在‘仰光号’上！”

“菲克斯先生在船上！”万事通认出这位“蒙古号”的旅伴后大吃一惊，“怎么！我和您在孟买分别后，竟然又在去香港的路上碰到了！难道您也要环球旅行吗？”

“不，不，”菲克斯问答，“我想到香港待一段时间，至少几天。”

“啊！”万事通愣了一下，“可是离开加尔各答后我怎么没在船上见过你呢？”

“噢，上帝，坐船真难受……我有点晕船……我一直躺在房间里……孟加拉湾可不像印度洋那么舒服。你的主人福格先生好吗？”

“他非常好，他的旅行一如既往地准时进行！一天都没耽搁！哦！菲克斯先生，您还不知道吧，现在我们还有一位年轻的夫人和我们同行。”

“一位年轻的夫人？”侦探问，他装出一副完全没听懂的神情。

万事通果然马上开始讲他的故事了。他讲了孟买神庙的事，讲了他们花了两千英镑买大象，碰到寡妇殉葬，然后如何劫法场解救阿妩达夫人，又讲了他们如何在加尔各答法院受审,又如何保释获得自由。菲克斯已经知道后边的这件事了,但是他却装出一无所知的样子,而万事通在这位实际上对他一点兴趣都没有的听众面前却对自己的经历津津乐道。

“可是,”菲克斯问,“到底你的主人有没有打算把这位夫人带到欧洲呢?”

“没有,菲克斯先生,绝对没有!我们只是打算把她交给她的一位香港富商亲戚照顾。”

“这对我毫无用处!”这位侦探暗想,他尽量掩饰自己的失望,又对万事通说,“去喝杯杜松子酒怎么样,万事通先生?”

“非常乐意,菲克斯先生。我们能在‘仰光号’上喝酒庆祝重逢真是再好不过了!”

第十七章

从新加坡到香港途中发生的事情

从这一天起，万事通和菲克斯就常碰面，但是侦探在这位朋友面前十分小心谨慎，他并不刻意让万事通讲话。只有一两次，他隐约看到福格待在“仰光号”的大厅里，这位绅士不是陪阿妩达夫人，就是照例在打惠斯特。

万事通却在认真思索菲克斯和他主人的这次非同寻常的途中相遇。最起码这件事很蹊跷。这位可爱殷勤的绅士先是在苏伊士码头和他不期而遇，然后他又上了“蒙古号”，在孟买下船说是要待几天，接着又在“仰光号”上和他再次相遇，而且也要去香港。总之，他一直一步步地紧跟福格先生，这的确引人深思。这种巧合太奇怪了。这个菲克斯要干什么？万事通敢用他那双珍贵的伊斯兰拖鞋打赌——他一直珍藏这双鞋——这位菲克斯会和他们在同一时间离开香港，而且很有可能坐同一艘船离开。

万事通冥思苦想了老半天，可他怎么也不会想到菲克斯是在执行什么任务。他绝不会想到福格被怀疑是窃贼而被人环球“跟踪”。但是，出于爱刨根问底的本性，他猛地想到菲克斯始终出现的原因，这个解释的确很有道理。他认为，菲克斯是而且肯定是改良俱乐部那帮人派来跟踪福格行程的人，为了验证他主人是不是真的在按照预定计划环游地球。

“一定是这样！一定是这样！”这位正直的小伙子反复念叨着，他为自己有这样的洞察力而颇感得意。菲克斯一定是那些绅士派来跟踪我们的间谍！他真是多此一举！福格先生是多么诚实可敬啊！竟然派人监视他！噢！改良俱乐部的先生们，你们可要多多破费啦！

万事通对自己的发现十分得意，他决定什么都不跟主人说，他担心一旦主人知道他的对手对他不信任，会伤害主人的自尊心。不过他也决定有机会要戏弄一下菲克斯，但是要旁敲侧击，不能把话说穿。

10 月 30 日下午，“仰光号”驶进马六甲半岛和苏门答腊岛中间狭窄的马六甲海峡。一些小岛山势险峻、风景怡人，挡住了游人的视线，反而看不到大岛。

第二天早上四点，“仰光号”比预定时间提前半天到达新加坡，在这里加煤。

福格在他的盈余栏里记上了提前的时间，他这次陪阿妩达夫人下船来到陆地上，因为阿妩达夫人想在这里逛几个小时。

菲克斯觉得福格的一切行动都很可疑，他神不知鬼不觉地悄悄跟在福格后边。万事通看到菲克斯的举动不禁哑然失笑，他还是和以往一样购物去了。

新加坡这个岛国不大，也没有雄伟的景致。这里缺少高山的衬托，不过，它依然风光秀丽。这个花园般的国家拥有众多美丽的街道。阿妩达夫人和福格坐着从新荷兰进口的高头大马拉的漂亮马车穿行在油亮的棕榈叶和美丽的丁香花中，丁香花子就是用这种半开的丁香花心做成的。这里一丛丛的胡椒树代替了欧洲乡下用多刺植物扎成的篱笆，椰子树和巨大的羊齿草伸展着宽大的叶片，构成了赤道地区特有的风情，那些绿油油的豆蔻使空气中浸满了浓郁的香气。成群的猴子时常出现在树丛中，它们受惊后做着鬼脸惊慌逃窜，或许灌木深处还有老虎。如果你奇怪为什么在这个小岛国现在还有着这种食肉动物的话，人们会告诉你这些老虎都是从马六甲漂洋过海来的。

阿妩达夫人和她的同伴福格花了两个小时看了田园风光后，回到了城里，福格只是心不在焉地浏览了一下，就好像什么都没看过一样。城市中到处是高大古旧的房屋，到处是美丽的花园，果树上结着芒果、菠萝和世界上最美味的果实。

十点钟，他们回到了船上。当然，侦探菲克斯仍然跟在身后，他也不惜代价地坐车跟着他们兜圈子。

万事通已经在"仰光号"的甲板上等他们了。这个小伙子买了十来个芒果，它们像苹果一样大，果皮外面是深褐色，里面是亮红色，而果肉却是白色，吃时入口即化，对热爱美食的人来说真是一种无与伦比的享受。万事通十分荣幸能为阿妩达夫人提供水果，后者也对他十分感谢。

十一点，"仰光号"加满了煤，松开缆绳向前出发，几小时后，马六甲的群山渐渐从人们的视线中消失，山上的森林里居住着世界上最漂亮的老虎。

新加坡和香港之间的距离大约是一千三百海里，香港是中国南部的一个英属小岛。福格希望能在六天之内到达，因为他要在香港坐 11 月 6 日出发去横滨的轮船，横滨是日本的一个重要港口。

"仰光号"满载游客。有很多游客都是在新加坡上船的，有印度人、锡兰人、中国人、马来西亚人、葡萄牙人，这些人大多数都在二等舱。

开船到现在天气一直很好，可是当月牙出现在天空时，天气变坏了。海上巨浪翻滚，好几次都是大风呼啸，所幸都是东南风，对轮船的航行是有利的。清晨的时候，船长命令升起所有的帆，“仰光号”配有双桅横帆，通常它都是鼓起前帆和两个角帆前行，借助蒸汽机和风力的双重功力，它的速度大为提高。轮船就这样在急促和令人眩晕的海浪中沿着安南和交趾的海岸行进。

但是最糟糕的不是大海的险恶，而是这艘船的结构有缺陷。“仰光号”上的大部分乘客感到不舒服，他们无法忍受船身的颠簸。

半岛公司的船只负责中国海域的航行，这些船都有着严重的结构缺陷，他们对于空船时和满载时排水量的计算有错误，所以这些船的抗风浪能力特别差，船底不透水的密封舱的容积也不够大。用航海术语来说，这些船到海上就会被“淹没”，因此几个大浪打到甲板上，船就不稳了。这些船和法国的“皇后号”或“柬埔寨号”比起来，不管是从发动机和设备性能上还是从结构设计上看，它们都相差甚远。按照工程师的计算，法国的这类轮船可以承载与自身重量相同的载重，而这些半岛公司的轮船，比如“加尔各答号”、“高丽号”以及“仰光号”，当承重达到自身重量的六分之一时就会沉入海底。

因为如此，遇到这种恶劣的天气，航行要尤其小心。有时要减小马力扯最少的帆低速行驶。这样就很浪费时间，可是福格却好像丝毫没受到此事的影响，万事通反而十分恼火。他责怪船长、机械师、轮船公司，他把船上所有的工作人员都骂了一遍。可能是想到塞维尔街那栋房子里那个一直开着的煤气费用最终要由他支付，他才会这么不耐烦。

“你们这么着急要赶到香港吗?”一天,侦探问万事通。

“非常着急!”万事通回答。

“你认为福格先生急于要乘到横滨去的轮船吗?”

“十万火急。”

“那么你现在相信这个别出心裁的环球旅行了?”

“非常相信。菲克斯先生,您呢?”

“我?我不相信!”

“滑头!”万事通朝他挤了挤眼睛。

这句话让侦探陷入了沉思。他对万事通的这个评价十分不安,不知道为什么他这么说自己。难道这个法国人猜到了什么?他只能努力去想。但是他的侦探身份只有自己知道,万事通怎么可能知道呢?可是,万事通这么跟他说话一定有什么不可告人的想法。

一天,万事通这个正直的小伙子甚至说出了更莫名其妙的话,他实在管不住自己,他藏不住话。

“噢,菲克斯先生,”他用一种狡猾的口气问道,“一旦到了香港,我们是不是会不幸地留您一个人在那里呢?”

“这个嘛,”菲克斯十分尴尬,“我不知道!可能……”

“啊!”万事通说,“如果您能与我们同行的话,我真是太高兴了!您瞧!半岛公司的代理怎么能在半路就停下来呢!您本来说只到孟买,现在马上就要到中国了!美国也不远了,美国离欧洲也只不过一步之遥嘛!”

菲克斯专心地看着万事通,万事通显出一副世界上最招人喜欢的样子,菲克斯也只能和他一起笑笑。可是万事通却兴致高昂,他继续问:“您做这个职业是不是报酬很高?”

“也是也不是,”菲克斯泰然自若地回答,“有好处也有坏处。你们要知道我并不是用公费旅行!”

“噢!这一点我绝对相信!”万事通叫道,他笑得更厉害了。

他们说完话后,菲克斯就回到自己的舱室开始思考起来。他肯定引起了对方的怀疑。那个法国人一定是识破了他是侦探的身份。可是他告诉他主人了吗?他在这件事中究竟扮演什么角色?是敌还是友呢?难道事情败露了?自己失败了吗?菲克斯在煎熬中过了好几个小时,一会儿认为一切都完了,一会儿又希望福格还蒙在鼓里,这样他就知道该怎么办。

不过他还是恢复了冷静,他决定向万事通挑明这件事。如果他不能如愿在香港逮捕福格,如果福格这次准备永远离开英国的土地,那么,菲克斯就把一切都告诉万事通。这个仆人要么是他主人的同谋——他的主人就会知道一切,这可就全糟了——要么这个仆人对这起盗窃事件什么都不知道,那么他就会为保全自己而抛弃福格。

这就是万事通和侦探菲克斯的情况,福格却始终如同高悬在他们上方的行星,丝毫没受到干扰,一如既往地保持超脱。他理智地进行着自己环游地球的计划,根本不去担心身旁的小行星会干扰自己的运转。

可是,按照天文学的说法,在他的身边有另一个美丽的“干扰天体”,它本应当在这位绅士心中引起一些波澜的。然而事实上却没有。阿妩达夫人的魅力对他一点作用都没有,万事通惊奇万分。如果这位夫人产生了什么干扰的话,这简直比天王星运行错乱更加难以推算,顺便提醒一下,正是天王星的运行错误使人们发现了海王星。

是的！这件事让万事通每天都觉得很奇怪，他从这位年轻的夫人眼中看得出她对自己的主人柔情万种！可是费雷亚斯·福格的心里只想英雄救美，至于爱情，绝对没有！旅行中发生的种种事情会对他有什么影响，他从没想过。可是万事通却总是心神不定。一天，他伏在机房的栏杆上看着那台功力强劲的机器，轮船每次剧烈的晃动都会让它像发怒一样轰鸣，螺旋桨推进器也会浮出水面，蒸汽从阀门猛烈地喷出。万事通看到后非常生气。

“它们燃料不足，这些该死的家伙！”他叫道，“船不走了！瞧瞧这帮英国人！啊！如果这是艘美国船，尽管可能会颠得很厉害，但是最起码会走得更快！”

第十八章

福格、万事通和菲克斯各行其是

这次旅行的最后几天里，天气非常糟糕。风越来越大，一直是西北风，船的行进很困难。“仰光号”摇摆不定，颠簸得很厉害，乘客们对大风掀起的恼人巨浪怨声载道。

11 月 3 日和 4 日这两天，轮船遇上了暴风雨。狂风猛烈地拍击海面。“仰光号”不得不扯最少的帆，把螺旋推进器保持在十转，整整半天都是这样斜顶着海浪前进。虽然船帆全部收起，但是船上的所有索具还是被狂风吹得呼呼直响。

人们可以明显感到轮船开得很慢，由此推断到达香港的时间肯定会向后推迟二十个小时，如果暴风雨继续的话，甚至还要再晚一些。

发怒的大海好像是在专门和费雷亚斯·福格作对，对此，福格一如既往地无动于衷。他没皱过一次眉头，但是，晚二十个小时到香港就会让他错过去横滨的船，就会打乱他所有的旅行计划。可是我们的这位没有脾气的福格先生既没有急躁也没有烦恼，就好像这场暴风雨也是在他计划之中、预料之内。阿妩达夫人在和他谈起这个坏天气时，发现他比以前更加镇定自若。

菲克斯对这件事却有不同的看法。他和大家的想法完全相反。暴风雨让他十分高兴。如果“仰光号”被迫停靠躲避暴风雨的话,他会高兴得发疯。任何拖延都让他高兴,因为这样的话,福格就必须在香港待上几天。这种狂风巨浪的恶劣天气简直是在助他一臂之力。虽然他有些晕船,可是管它呢!他对身体上因晕船产生的恶心和难受丝毫都不在意,因为他在精神上快乐无比。

可以想象万事通在这段难熬的时间里有多生气。在此之前一切都进展得多么顺利!陆地和海水都为他的主人效劳。轮船和火车都服从他主人的安排。风和蒸汽机也联合起来为他们的旅行帮忙。难道现在倒霉的时刻来临啦?万事通觉得活不下去了,就好像那笔两万英镑的赌注要从他口袋里掏出去一样。暴风雨激怒了他,巨浪让他恼火至极,他恨不能把这个不听话的大海痛打一顿!可怜的小伙子!在他面前,菲克斯十分小心地掩饰自己的喜悦之情,他这样做是对的,因为如果万事通发现菲克斯在偷乐,菲克斯肯定会吃不了兜着走!

万事通从这场暴风雨开始就一直待在“仰光号”的甲板上。他无法让自己待在船舱里,他爬到桅杆上面,所有的船员都大吃一惊,他像猴子一样机灵,到处帮忙。他不厌其烦地一遍又一遍地向船长、领班和水手提出各种问题,大家看到他那副狼狈的样子都会忍俊不禁。万事通只是想知道这场暴风雨什么时候才停。有人让他去看晴雨表,上面的数字一点都没升高的迹象。万事通拼命地摇,但是不管他是狠命地摇还是用力地骂,都不能让这个无辜的晴雨表屈服。

暴风雨终于平静了。海面的情况在 11 月 4 日那天有了好转。中午后风向也忽然转为利于航行的偏南风。

万事通的心情也随之好转。桅杆和低落的帆又升了起来,“仰光号”重新开足马力向前行驶。

可是耽误的时间是无法弥补的。现在必须想办法,“仰光号”6 日早上五点才能到岸,而福格预计的到达时间是 5 日,也就是说晚了二十四小时。去横滨的船肯定是赶不上了。

六点钟时,引航员登上了“仰光号”,他准备引领轮船进入香港港口。

万事通心急如焚,他迫切想问这个人去横滨的船是不是已经离开了香港。但是他不敢问,他宁愿把心里的一丝希望留到最后一刻。他把自己的担心告诉了菲克斯,这个狡猾的老狐狸努力地安慰他,还对他说福格可以坐下一班船去横滨。这让万事通火冒三丈。

虽然万事通不敢去问引航员,福格却问了。在查阅了他的旅行指南后,福格平静地询问引航员是否知道从香港到横滨的轮船什么时候出发。

“明天早上涨潮的时候。”引航员回答。

“噢!”福格一点都不吃惊。万事通这时也在场,他真想拥抱这个引航员,菲克斯却恨不得拧断这个引航员的脖子。

“那艘船叫什么名字?”福格问。

“卡尔纳蒂克。”引航员回答。

“它不是应该昨天出发吗?”

“是的,先生,但是船上有个锅炉要修理,所以就推迟到明天出发。”

“谢谢你。”福格说完后就踱着方步回到了“仰光号”船舱大厅。

万事通却紧紧抓着这个引航员的手对他说:“引航员,您真是个好人!”

引航员当然莫名其妙,他永远都不会知道为什么他的回答会换来这么由衷的感激。这时一声哨响,他登上驾驶台,引导轮船在挤满众多帆船、油船、渔船和各式各样小船的狭窄河道中间前行。

一点钟时,“仰光号”停靠在码头,乘客们开始下船。

应该承认,这个意外真是对福格先生太有利了。如果不是“卡尔纳蒂克号”上的锅炉要修理,这艘船 11 月 5 日就已经出发,去日本的乘客就必须再等一个星期才能乘坐下一班船。福格先生的确迟到了二十四个小时,但是这次迟到却并不会对以后的旅行产生严重的后果。

而且,从横滨到旧金山横渡太平洋的轮船必须等从香港开出的到横滨的轮船到达后才会出发,它们是密切联系的。虽然现在肯定会晚二十四个小时到横滨,但是过太平洋时很容易把这个时间追回来。福格先生算了一下,除了这二十四个小时的迟到,从出发到现在的三十五天时间里,他都是在按计划进行。

“卡尔纳蒂克号”明天早上五点钟才会出发,福格现在有十六个小时的时间可以办自己的事,也就是阿妩达夫人的事。下船时他让这位夫人挽着自己的胳膊,他把她带到一顶轿子前面。他问轿夫这里有什么旅馆,轿夫向他推荐了一家俱乐部大酒店。于是大家起程去这家酒店,万事通紧随其后,二十分钟后大家到了酒店。

福格为阿妩达夫人订了一个套间,并且把一切都安排妥当。然后他对阿妩达夫人说他立刻去找她的亲戚,找到后就让他把夫人留在香港。同时他又让万事通在酒店等他回来,以免这位夫人一个人在这里会感到孤单。

福格赶到了交易所。那里的人应该会听说过这位大名鼎鼎的杰吉伯伊富商,他可是这座城里最有钱的商人。

福格询问的这个经纪人确实知道这位帕西商人，但是这个人在两年前就不再居住在中国。原来他发了财，然后去了欧洲，据说去了荷兰，因为他以前都是和荷兰有生意往来。

福格只好返回俱乐部大酒店。他马上去找阿妩达夫人，直截了当地告诉她那位有名的杰吉伯伊先生已经不在香港，很可能去了荷兰。

阿妩达夫人听了之后，刚开始她什么也没说。她用手摸了摸前额，想了一会儿，然后她轻轻地说：

"福格先生，我该怎么办呢？"

"这很好办，"福格回答，"回欧洲。"

"可是我不能麻烦……"

"您一点都不麻烦，您一点都不影响我的计划……万事通？"

"先生，什么事？"万事通回答。

"到'卡尔纳蒂克号'，订三个舱室。"

万事通马上离开了俱乐部大酒店，他很高兴能和这位夫人一同继续旅行，因为她对自己特别好。

第十九章

万事通极力为主人辩护

香港只不过是个小岛，1842 年南京条约签订以后，它就由英国统治。在几年的时间里英国殖民者把这里变成了一个重要的城市，并建立了一个维多利亚港口。香港位于广东省的珠江入海口，距离对岸的葡萄牙属地澳门只有六十海里。香港在贸易方面绝对超过了澳门，目前中国大部分出入境贸易都经过这里。这里有船坞、医院、码头、货栈，有一座哥特式的教堂、一座"总督府"，有着用碎石铺成的街道，这些都让人觉得仿佛是在英国肯特郡或索莱郡的一座商业城市，觉得转过半个地球后，又一个英国城市出现在几乎位于地球另一端的中国沿海。

万事通手插在口袋里朝维多利亚港口走去，他看到这里有当时中国流行的轿子、插着旗子的独轮车，街上十分拥挤，有中国人、日本人和欧洲人。这个小伙子觉得这个城市和他经过的孟买、加尔各答以及新加坡没什么区别，这些城市共同组成了一个遍布世界的英国城市系列。

万事通到了维多利亚港。这里是珠江入海口，港口密密麻麻地停泊着各国的船只，有英国的、法国的、美国的、荷兰的，有战舰、商船，有中国和日本的小艇，有帆船、舢板、油船，甚至还有花船，它们在水面上组成了一座座漂浮的花园。万事通边走边看,他注意到很多年纪很大的本地人都穿着黄衣服。他走进一家中国理发店想把自己的胡子搞成“中国式”,一位英文讲得相当好的师傅告诉他,这些老人至少都在八十岁以上,到了这种年纪才有权利穿着黄色衣服,因为黄色是帝王的颜色。不知为什么万事通觉得这很好笑。

理好胡须后,万事通来到“卡尔纳蒂克号”停靠处。他发现菲克斯正在那儿来回踱步,对此他一点也不吃惊。但是这个侦探看上去却是一副失望透顶的样子。

“好啊!”万事通自言自语,“一定是改良俱乐部的先生们不高兴了!”

随后,他满面欢笑地走过去和菲克斯说话,对菲克斯发愁的样子装作没看见。

菲克斯确实有充分的理由咒骂他该死的运气。他还没收到逮捕令!逮捕令肯定比他晚到香港,他必须在这里等几天才能收到。而香港是最后一个英国管辖的地方,如果他还没办法拿到逮捕令,福格就会永远远走高飞。

“喂,菲克斯先生,您决定和我们一起到美国吗?”万事通问他。

“是的。”菲克斯咬着牙说。

“好啊!”万事通大声嚷嚷,他故意大声地笑道,“我就知道您不会和我们分开。快来买票吧,来呀!”

这两个人都来到港口售票厅买了四张船票。这时售票员告诉他们“卡尔纳蒂克号”已经检修完毕,当天晚上八点钟就会开船,而不是原来通知的明天出发。

“太好了!”万事通说,“这对主人更有利,我得告诉他。”

这时，菲克斯决定豁出去了。他决定把一切都告诉万事通。这是唯一一个可能把福格留在香港几天的办法。

离开了售票厅，菲克斯邀请万事通到一个小酒馆喝酒。万事通觉得还有时间，便接受了邀请。

码头附近就有一个小酒馆。这家酒馆外观很吸引人。两个人走了进去。酒馆大厅装修得很不错，最里面有一个通铺，上面放着垫子，床上躺着几个人。

酒馆里有三十多个人散坐在藤条编的小桌旁。他们中有的在猛喝着一瓶瓶的英国淡啤酒或烈性啤酒，有的在喝着白酒、杜松子酒和白兰地。另外，大部分人都在抽着一种长杆红头的烟枪，烟嘴里烧的是玫瑰露和鸦片合成的大烟泡。时不时就会有几个抽烟的人晕过去滑到桌子底下，这时店里的伙计就会把他们抬到里边的大床上，放在其他人的旁边。床上已经有二十来个这样的醉汉，他们一个挨一个，都几乎不省人事。

万事通和菲克斯这才明白他们进了一家大烟馆，这里都是一些抽大烟的烟鬼，他们个个目光呆滞、面黄肌瘦、愚蠢麻木。唯利是图的英国商人每年都向中国人出售这种可怕的毒品，价值高达两亿六千万法郎，这种毒品就是人们所说的鸦片！靠人类最可憎的恶习赚得的上亿法郎是多么可恶啊！

中国政府也曾经颁布严格的法令试图禁止鸦片流传，但是都没有用。鸦片首先是专供富人使用的，后来从上至下流传到社会的底层人民，从此鸦片泛滥，一发不可收拾。大清帝国随时随地都有人在吸鸦片。男人和女人都沉迷于这种可憎的恶习之中不能自拔，他们一旦适应了这种毒品的麻醉状态就再也摆脱不了，只要不吸就会难受，最轻的反应就是可怕的胃痉挛。

吸得最厉害的烟鬼一天可以抽八杆烟枪，这种人五年内就会死去。

菲克斯和万事通因为想喝酒竟无意中闯入了一家烟馆，这样的烟馆仅在香港就不计其数、遍地都是。万事通没有钱，但是他接受了菲克斯的“美意”，他打算改天再回请菲克斯。

他们要了两瓶葡萄牙产的波尔图葡萄酒，万事通开怀畅饮，而菲克斯却喝得十分谨慎，他在聚精会神地观察万事通。两个人天南地北地胡吹乱侃，尤其是菲克斯也要乘坐“卡尔纳蒂克号”这件事。说到这艘船要提前几小时开船时，万事通已经喝光了所有的酒，他起身想走，他要去通知他的主人。

菲克斯留住了他。

“等一下。”他对万事通说。

“您有什么事？菲克斯先生。”

“我有很严肃的事情要告诉你。”

“很严肃的事情！”万事通叫，一边喝光了他杯中仅剩的几滴酒，“好吧，我们明天再说。今天我没时间了。”

“坐下来，”菲克斯又说，“这和你主人有关！”

听到这句话，万事通小心地看着菲克斯。

菲克斯的表情十分古怪。万事通重新坐了下来。

“您要跟我说什么？”他问。

菲克斯伸出手拉着万事通的胳膊压低声音问：“你已经猜到我是什么人了吧？”

“当然！”万事通笑了。

“那么我就全告诉你……”

“现在我全都知道了,朋友！啊！这没什么！好吧,您继续说吧。不过我先说一下,那些绅士肯定白花钱了！……”

“白花钱!”菲克斯说,“你在瞎说什么！看来你并不知道这笔钱的数目!”

“不,我知道,”万事通说,“两万英镑。”

“是五万五千英镑!”菲克斯握住万事通的手说。

“什么!”万事通大叫,“福格先生真胆大！五万五千英镑！太好了！那就更不能耽误一分钟了。”他说着又站起了身。

“五万五千英镑!”菲克斯把万事通重新按到座位上,又要了一瓶白兰地,“如果我成功了,我就会得到两千英镑的奖金。你想不想得到五百英镑？条件是帮助我。”

“帮您?”万事通瞪大了眼睛。

“是的,帮我留住福格先生在香港停几天!”

“嗯!”万事通很奇怪,“您说什么？怎么！那些绅士不仅要跟踪我的主人,怀疑他的信用,还要制造麻烦！我真为他们脸红!”

“什么！你要说什么?”菲克斯不禁问。

“我想说这可太不雅观了。不仅要剥光福格先生的衣服,还要掏光他的钱!”

“对！我们就是要这样!”

“这简直是个圈套!”万事通在菲克斯给他灌的白兰地作用下有些激动,他没注意喝多了,“十足的圈套！这些绅士！牌友!”

菲克斯开始感到不解。

“这些牌友!”万事通叫道,“改良俱乐部的会员！菲克斯先生,您知道我的主人是个正派人,他打赌就是要规规矩矩地赢。”

“可是,你到底认为我是什么人?”菲克斯盯着万事通问。

“我当然知道！您是改良俱乐部的人,是派来监督我主人旅行路线的,这真是太丢人了！而且,虽然我早就猜到您的身份,我还是替您瞒住了,没有告诉福格先生!”

“他什么都不知道?”菲克斯着急地问。

“一无所知。”万事通说着又把杯子里的酒喝光了。

这个侦探摸了摸自己的头。他犹豫了一下。他该怎么办呢？万事通看来真的是搞错了,但是这样一来他的计划就更难实施了。很显然这个小伙子说的都是实话,他绝不是他主人的同党,这曾是菲克斯以前最担心的事。

“好吧,”他自言自语道,“既然他不是同党,那他就会帮我。”

侦探第二次下定决心。而且,他也没有时间再等下去了。不管花什么代价,他必须把福格留在香港。

“听着,”菲克斯清楚地对万事通说,“好好听我说。我不是你想的那样的人,我不是改良俱乐部的人……”

“啊!”万事通看着菲克斯,脸上露出嘲弄的表情。

“我是一名侦探,被首都警察总局派来执行一个任务……”

“您……侦探！……”

“是的,我给你看证明,”菲克斯接着说,“这是我的任务。”说着,菲克斯从他的钱包里拿出一张纸递给万事通,这是一张有首都警察总局局长的签字的命令书。万事通一下子蒙了,他看着菲克斯,说不出一句话。

“福格先生的打赌,”菲克斯接着说,“只不过是个借口,你和改良俱乐部的人都上当了,他想要骗取你的信任使你成为他的同党。”

“可是为什么?”万事通嚷嚷道。

“听着。上个月28日,有人盗走了英国国家银行五万五千英镑,这个人的外表特征已被警方掌握。哦,这就是这个人的特征,他和福格先生的样子一模一样。”

“那又怎么样!”万事通忍不住大叫,他狠狠地用拳头砸向桌子,“我的主人可是世界上最正派的人呀!”

“你怎么知道呢?”菲克斯说,“你甚至都不认识他!你只是在出发那天才应聘的,他当时找了个荒谬的借口急着出发,连行李都不带,却带了一大笔现钞!你还敢说这是个正派人!”

“是的!是的!”这个可怜的小伙子机械地重复着。

“那么你也想作为他的同党被捕吗?”

万事通痛苦地用手抱住头。他完全糊涂了。他不敢看这个侦探。费雷亚斯·福格竟然是个窃贼,这个冒险救出阿妩达夫人、既慷慨又勇敢的人竟然是个窃贼!而且一切推断确实都对他不利!万事通努力驱逐出现在他头脑里的这些怀疑。他不愿相信他的主人犯了罪。

“那么,您到底想要我怎么办?”他鼓足勇气问菲克斯。

“你瞧,”菲克斯说,“我跟踪福格已经到了这里,我曾向伦敦警方申请过逮捕令,但是现在我还没收到。那么就需要你帮助我把福格留在香港。”

“我!我能做什么……”

“我把英国国家银行承诺的那笔两千英镑的奖金分一半给你!”

“绝对不行!”万事通回答,他想要站起来,但是又坐了下来,他感到他的脑子一片混乱、身上一点劲儿都没有。

“菲克斯先生,”他结结巴巴地说,“就算您刚才告诉我的都是真的……就算我的主人是您要抓的那个贼……我不知道……我……我很想为您效劳……可是我觉得他是个慷慨善良的好人……背叛主人……绝不……不行,哪怕把世界上所有的金子都给我也不行……我不是那种容易收买的人! ……”

“你不答应吗?”

“我不答应。”

“好吧,就当我什么都没说过,”菲克斯说,“我们喝酒。”

“好,喝酒!”

万事通越来越醉。菲克斯知道他必须想尽办法把他和他的主人分开,他想要先把万事通搞定。桌子上有几杆装了大烟泡的烟枪。菲克斯拿起一杆烟枪塞到万事通的一只手里,万事通接过来放到嘴里吸了一下,吐出几个烟圈,然后,在毒品的作用下他的脑袋昏昏沉沉,已经完全麻木,不久便倒在地上失去了知觉。

“好了,”菲克斯看着神志不清的万事通说,“这下就没人会把‘卡尔纳蒂克号’开船的时间通知福格先生了,即便他要走,至少也不会带上这个该死的法国人!”

然后他付了账,走了出去。

第二十章

菲克斯和福格正面交锋

在刚才那件可能会严重妨碍福格以后旅行进展的事情发生的时候，他正陪阿妩达夫人在这座英属城市逛街。阿妩达夫人接受了福格把她带到欧洲的好意后，福格不得不仔细考虑这一个漫长旅行的各个细节。如果是他独自一个人环球旅行，手里只拿一个包还可以行得通，但是在这种情况下，一个女人是不可能这样旅行的。想到这，他必须为阿妩达夫人买一些旅行必需的衣物。福格以他惯有的冷静办妥了这件事，对于这位夫人带着无比感激的道歉和推托，他只是说：

"这完全是我旅行的必要开支，这在计划之中。"他始终一成不变地回答。

福格和这位夫人买好东西后回到了酒店，他们到餐厅吃了顿相当丰盛的晚饭。微感疲惫的阿妩达夫人按照英国的礼节和这位无比镇定的救命恩人握手告别，然后就回房间休息。

这位可敬的绅士整整一个晚上都在看《泰晤士报》和《伦敦新闻画报》。

如果福格是那种多疑的人，那么他就会奇怪为什么一直到睡觉的时候都没见到仆人的影子。不过他知道去横滨的船明天早上才离开香港，所以也没多想别的。第二天早上，福格按铃叫万事通，但是万事通却总是不在。

得知他的仆人昨天并没有回酒店时，福格是怎么想的，谁也不知道。他自己拿了包，一边叫人通知阿妩达夫人下楼，一边叫人找轿子准备出发。

现在是八点钟，预计九点半涨潮，而“卡尔纳蒂克号”也就是这个时间开船。

轿子被叫到酒店门口，福格和阿妩达夫人坐上舒适的轿子，他们的行李放在后面的一个独轮车上。

半个小时后，他们到了登船的码头，福格这才知道“卡尔纳蒂克号”昨天就已经开走了。

福格本来希望既找到船又找到他的仆人，但是他两头都落空了。不过他的脸上没有一点失望的表情，阿妩达夫人担心地看着他，他却只是说：

“这是个意外，夫人，没什么。”

这时，一个一直在认真观察他的人走了过来。这个人就是警探菲克斯，菲克斯跟福格打了个招呼，他说：

“先生，您是不是也和我一样是昨天坐‘仰光号’来的乘客？”

“是的，先生，”福格漠然地回答，“可是我还不知道……”

“恕我冒昧，我想我在这儿见过您的仆人。”

“先生，您知道他在哪儿？”那位年轻的夫人急切地问。

“什么！”菲克斯装出很吃惊的样子问，“他没和你们在一起吗？”

“没有，”阿妩达夫人说，“从昨天起，他就不见了。他会不会没等我们自己上了‘卡尔纳蒂克号’？”

“夫人，他没等你们？”菲克斯答道，“对不起，请问你们也打算坐这艘船吗?”

“是的,先生。”

“我也要乘这艘船,夫人,所以你们看我有多失望。‘卡尔纳蒂克号’修好后没有通知任何人就在十二小时之前离开了香港,现在只能等八天后才有下一班船!”

菲克斯在说“八天”这两个字时感到自己的心在狂喜。八天!福格要在香港待八天!他就有时间等逮捕令了。他这个代表法律的人终于等来了机会。

可是当福格镇定地说出下面的话时,他简直是挨了当头一棒,福格说:

“不过我觉得除了‘卡尔纳蒂克号’以外,香港还有其他船。”

说完,福格让阿妩达夫人挽着他的手臂,两个人去码头找其他要出发的船。

菲克斯大吃一惊,也跟在他们后面,就像有根绳把他拴在福格身上一样。

可是,到目前为止一直都很照顾福格的好运这次好像真的弃他而去了。整整三个小时,福格上上下下找遍了整个码头,他本来决定要租一艘船去横滨,但是他却只看到忙着装货卸货的船,没有一艘船准备航行。菲克斯重新点燃了希望。

但是福格先生却毫不慌张,他继续找船,他甚至想到澳门去找,正在这时,港口走过来一个海员,他问福格:

“先生要坐船吗?”这个海员脱下帽子对他说。

“你有可以出发的船吗?”福格问。

“有的,先生,是四十三号引水船,这是船队里最好的船。”

“它性能好吗?”

“时速至少可以开到八九海里,您要看看吗?”

“好。”

“您一定会满意的。您是要在海上观光吗?”

“不是,是旅行。”

“旅行?”

“你可以负责把我送到横滨吗?”

听到这些话,这个海员的双臂不由得抖动起来,他的眼睛瞪得大大的。

“您是在开玩笑吧?”他说。

“不是开玩笑!我没赶上‘卡尔纳蒂克号’,我必须最迟在14日赶到横滨乘坐去旧金山的轮船。”

“很遗憾,”海员说,“这是不可能的。”

“我每天付给你一百英镑,如果能按时到达我再给你二百英镑的奖赏。”

“此话当真?”海员问。

“绝对说话算话。”福格回答。

这个海员退到了一边。他看着大海,显然,他在做思想斗争,既想得到这笔巨额奖金,又担心出海这么远会有危险。菲克斯这时真是担心得要死。

这时福格转向阿妩达夫人问道:“夫人,您不害怕吧?”

“和您在一起,福格先生,我不怕。”这个年轻的夫人回答。

海员两只手抚弄着帽子重新朝福格走过来。

“怎么样,水手?”福格问。

“好吧,先生,”水手回答,“我不能拿我的人冒险,也不能拿我自己冒险,也不会让您去冒险,这艘船连二十吨都不到,要走这么远的路,又赶上这个时令。而且,我们也不会按时到达,因为从香港到横滨有一千六百五十海里。”

“只有一千六百海里。”福格说。

“这都一样。”

菲克斯倒吸了一口凉气。

“不过,”海员说,“可能还有其他办法。”

菲克斯简直要窒息了。

“什么办法?”福格问。

“我们可以从香港出发,航行一千一百海里去日本最南端的长崎,或是只航行八百海里到上海。如果去上海的话,我们不用离开中国海岸线,这对航行十分有利,而且又是顺水。”

“海员先生,”福格说,“我要到横滨乘去美国的船,不是去上海,也不是去长崎。”

“为什么不去呢?”海员说,“去旧金山的船不是从横滨出发的。它只不过是在横滨和长崎中途停靠,它的始发港是上海。”

“你说的是真的吗?”

“千真万确。”

“轮船什么时候从上海出发?”

“11 日晚上七点。我们有四天时间。四天,也就是九十六小时,每小时平均行驶八海里，如果我们运气好，如果一直保持东南风，而且海面风平浪静的话，我们完全可以顺利完成这八百海里的旅行。”

“你什么时候可以出发？……”

“一小时以后。需要买些吃的和船上用品。”

“那我们就一言为定……你是船主吗？”

“是的，我叫约翰·班斯比，是‘唐卡德尔号’的船主。”

“你要先付订金吗？”

“如果您愿意的话。”

“这里有二百英镑……”然后福格对菲克斯说，“如果您愿意搭船的话……”

“先生，”菲克斯很坚决地说，“我正要请您帮忙。”

“好的。半小时后我们上船。”

“可是那个可怜的小伙子怎么办？”阿妩达夫人说。万事通的失踪让她极为不安。

“我会尽量为他安排。”福格说。

当菲克斯怀着既紧张、又焦虑、又生气的心情走上这条引水船的时候，福格和阿妩达夫人正朝香港警察局走去。福格把万事通的特征告诉了警察，并留下了一笔钱给他，足够万事通用。接着他们又到法国领事馆办好了手续，雇了顶轿子去旅馆拿行李，然后来到港口。

三点钟。四十三号引水船全体船员都已上船，船上储备充足，准备出航。

“唐卡德尔号”是一艘很漂亮的双桅小船，船重二十吨，船头很尖，船身伶俐，在水中显得极为狭长，好像是一艘赛艇。船上的铜器都明光锃亮，金属制品也镀了一层锌，闪闪发光，白色的甲板仿佛象牙制成，这说明船主约翰·班斯比维护得很精心。船上的两个桅杆有些向后倾斜，还备有后桅帆、前桅帆、前桅支索帆、三角帆和顶帆，在顺风时这些装备就可以大显身手了。看上去这艘船会开得很好，实际上，它曾经在引水船竞赛中得过好几次奖。

"唐卡德尔号"船上除了约翰·班斯比以外还有四个船员。他们都是勇敢的水手，总是冒险到海上寻找船只，对大海的情况十分熟悉。约翰·班斯比大约有四十五岁，体格健壮，皮肤黝黑，目光炯炯，精力充沛，坚定自若，业务过硬，最担心的人也会信任他。

福格和阿妩达夫人上了船。菲克斯已经在这里了。他们从后舱口进了一间舱室，这间舱室的墙上都凹了进去，形成一个个的铺位，床铺下有一张圆凳子。屋子中间放着一张桌子，被一盏晃来晃去的灯照得很亮。房间很小，但是很干净。

"很抱歉不能为您提供更好的条件。"福格对菲克斯说，菲克斯点了点头，但是没有说话。

这个侦探觉得这样享受福格先生的帮助有点羞愧。

"毫无疑问，"他想，"这是个彬彬有礼的坏蛋，但是仍然是坏蛋！"

三点十分，帆鼓了起来。随着声声号角，船上升起了英国国旗。乘客都站在甲板上。福格和阿妩达夫人最后朝河岸望了一眼，他们希望看到万事通出现。

菲克斯这时不能再装糊涂了，他害怕这个被他施诡计陷害的倒霉的小伙子会突然出现，那时他的鬼把戏就会被戳穿，他就真的无计可施了。然而,这个法国小伙子却没有出现,可能他还处于鸦片的麻醉状态。

约翰·班斯比下令开船。“唐卡德尔号”的后桅帆、前桅帆和三角帆都鼓满了风,小船行驶在波涛涌动的大海中。

第二十一章

"唐卡德尔号"船主险些失去两百英镑奖金

乘坐这样一艘只有二十吨重的小船进行八百海里的航行无疑是一次冒险,尤其是在一年当中的这个季节。在中国沿海一带,总会遇到坏天气,特别是从春分到秋分这段时节,海面总是狂风肆虐。而这时才刚刚十一月初。

显然,船主如果把福格他们一直送到横滨会更合算,因为福格按天数付钱。但是这样做的风险也很大,在这种航海条件下要航行这么远去上海,已经是很大胆了,甚至可以说有些鲁莽。不过,约翰·班斯比对他的"唐卡德尔号"却很有信心,这艘船穿行在风口浪尖,犹如一枝锦葵。也许船主并没有错。

当天晚些时候,"唐卡德尔号"驶过了水面情况复杂的香港海域,开足马力,凭借后面的风力快速沿海岸线前行,这种状态让人备受鼓舞。

"船主先生,"福格在这艘双桅帆船驶入深海时说,"想必我不用提醒您尽快行驶了。"

"尊敬的先生,您就相信我吧,"约翰·班斯比回答,"所有的帆都升了起来,我们已经借助了所有的风力。即使加上顶帆,我们的船也不可能再快了,那样只会损坏船并降低航速。"

“您是内行，我不是，船长先生，我相信您。”

福格站得笔直，双腿分开，稳如泰山，像一名水手。他注视着波涛翻滚的大海，一句牢骚都没有。那个年轻的夫人坐在船头，她凝视着大海，想到乘坐在这艘摇摇欲坠的小船上勇敢地穿越这片大海，她不禁有些动容，暮色中的海面已经暗了下来。白色的风帆伸展在她的头上，就像鸟儿巨大的双翼带着她在空中飞翔。帆被海风鼓了起来，船儿就像飞翔在空中一般。

夜幕降临。天边露出了月牙儿，淡淡的月光不久便会隐没在天边的薄雾之中。厚厚的云层从东袭来，把天空遮住了一大块。

船长已经点亮了船上的示航灯，这是在近海岸处行驶时经常采取的必不可少的谨慎措施。因为在这里经常会碰到其他船只，而且它的船速这么快，任何一点轻微的碰撞都会把桅杆折断。

菲克斯在船头沉思。他躲在一边，他知道福格不爱与人交谈。另外，他也不愿和福格说话，他觉得自己是在受人恩惠。他还在想以后会发生什么事。他现在可以肯定福格在横滨不会停下，他会立刻乘船去旧金山，然后一直到美国，那里地域广阔，不受英国法律管制，他就安全了。在他看来，福格的计划再简单不过了。

这个福格真是个十足的混蛋，他企图从英国坐船到美国，环绕四分之三个地球之后，甩掉警察的跟踪，安全地到达美洲，并且在那里心安理得地享用英国银行几万英镑的巨款。可是在英联邦的地域上，菲克斯该怎么办？放弃跟踪这个人吗？不行，绝对不行！直到他可以实施引渡，他决不会离开福格半步。这是他的职责，他一定要坚持到底。不管怎么样，已经有一件事对他有利：万事通已经不在他主人身边，而且，在和菲克斯密谈之后，这个仆人和他的主人再也不会见到面了。

费雷亚斯·福格也不是没有想过他的仆人为什么这么莫名其妙地消失。他前思后想,他觉得可能是万事通没听清楚,这个可怜的小伙子在最后一分钟赶上了“卡尔纳蒂克号”。阿妩达夫人也这么认为,她很为这个忠心耿耿的小伙子失踪难过,她一直很感激他。如果这样,如果“卡尔纳蒂克号”把万事通带到横滨,他们在横滨很有可能再碰面,他们宁愿这么想。

将近十点钟,风变得凉了。或许把帆收起来更为保险,但是船长仔细观察了天气后决定让帆保持原状。“唐卡德尔号”张帆航行,船身吃水很深,准备应对一切情况,即使是遇上暴风雨。

半夜,福格和阿妩达夫人下到船舱休息。菲克斯走在他们前面,他在一个铺位上躺下来。船长和其他船员整晚都在甲板上。

第二天是 11 月 8 日,日出时,小船已经开了一百多海里。经常被抛下水测航速的测速仪显示船的平均时速在八到九海里之间。“唐卡德尔号”的帆被后面吹来的风鼓起来,船在风的作用下全速前行。如果风向始终保持不变的话,真是走运。

“唐卡德尔号”整个一天都在离海岸线不远的地方航行,这里的水流对航行十分有利。它的左舷离岸边有五海里多,从这里时不时隐约看到岸上有灯光闪烁。风从陆地吹来,这里的海面也更平静:对船真是太有利了,因为小吨位的船就怕遇上大浪,浪涛会降低航速,用航海业的术语讲,会“杀死”它们。

将近中午,微风变得有些弱,是东南风。船长命令将顶帆升起;但是两点钟时,要把顶帆降下来,因为风力会重新变强。

所幸福格和这位年轻的夫人都不晕船,他们胃口很好,吃着船上储备的食品和饼干。菲克斯被邀请和他们一同分享,他不得不接受,因为他很清楚他和这艘船一样都必须填饱肚子,这让他很恼火!靠这个人的钱旅行、吃这个人的饭,他觉得真是一点面子都没有。不过他还是吃了——站着匆匆吃了一点,确实如此——但还是吃了。

不管如何,吃完饭后,他觉得应该和福格私下谈一谈,他说:

"先生……"

这个"先生"仿佛可以把他的嘴唇擦破,他努力克制自己不伸手去抓这位"先生"的领子!

"先生,承蒙您慷慨地让我搭乘这条船。但是,虽然我的手头不像您那样宽裕,我还是要付我那份的钱……"

"我们不要谈此事,先生。"福格回答。

"不,不,我坚持……"

"不用,先生,"福格用一种不容置疑的口气重复着,"这都在我的总预算之内!"

菲克斯只好作罢,他觉得很憋气,走到船头躺了下来,这一天他再没有说一句话。

船飞快地向前行驶。约翰·班斯比很有信心。他对福格说了好几次,一定可以在预定时间到达上海。福格只是简单地说他知道了。另外,这艘船的所有船员都非常卖力。那笔奖金对这些正直的小伙子来说相当具有诱惑力。而且,没有一根绳索不是被拉得直直的!没有一片风帆不是被系得牢牢的!掌舵的人没有让船因为自己技术不好而摇晃一下,无可挑剔!在皇家游艇俱乐部的船上也找不到更恪尽职守的人。

晚上,船长从测程仪得知船离开香港后已经开了二百二十海里,费雷亚斯·福格完全可以希望他在到达横滨后,可以在他的里程记录上写下毫无延误的纪录。这样看来,从伦敦出发后到现在他遇到的第一次意外好像对他并没有带来什么损害。

在夜里,黎明前的几小时,“唐卡德尔号”越过了北回归线,直接进入了位于中国大陆和台湾岛之间的台湾海峡。这里的海面十分难走,水面充满了逆流形成的漩涡。小船行进得十分艰难。湍急的浪花阻碍着它的前行。如今想要直立在甲板上也极其困难。

天亮的时候,风更大了。天空中酝酿着一场大风暴。同时,晴雨表也显示出要变天;整个白天它的记录一直变化不定,水银柱总是升降无常。大家也能感到海面掀起了东南方向的巨浪,预示着暴风雨将至。夜晚降临前,太阳降落在一片红色的雾气之中,隐没在星光闪闪的大洋中间。

船长观察着恶劣的天气,他观察了很长时间,嘴里喃喃自语着令人费解的话。突然,他走到他的乘客面前,说:

“我可以告诉您一切吗,先生?”他低声问。

“一切。”福格说。

“好吧,我们将遇上一场大风。”

“北风还是南风?”福格只是这样问。

“南风。您看,这会是一场台风。”

“继续向前,台风从南面吹来,这会对我们有利。”福格回答。

“如果您这么认为,”船长说道,“我无话可说!”

约翰·班斯比的预感一点儿没错。根据一个知名气象专家的说法，一年中的下半年，台风如同闪电火焰一样迅猛呼啸而过，但是在冬天，就会持续猛烈得多。

船长提前做好了准备。他让船员撑紧船上所有的帆，并把帆架撑在甲板上。顶帆的桅杆也撤了下来。弦杆也收了回来。每个舱口都被小心堵上了，一滴水也不会渗进这艘船的内舱。只剩下一个三角帆被竖起来代替船头的大帆，以便利用后面吹来的风航行。大家都在等待。

约翰·班斯比让乘客都下到船舱里；但是，在这么狭小的空间里，空气浑浊，加上大浪带来的摇晃，这个地方像禁闭室一点也不舒服。无论是福格、阿妩达夫人，还是菲克斯都不愿意离开甲板。

将近八点的时候，狂风和暴雨落在了甲板上。“唐卡德尔号”仅有一小片帆撑着，就如同狂风中的一片羽毛被抛在空中飘忽不定，暴风雨中小船的险境真是无法描述。如果说它的速度是开足马力的火车速度的四倍，也不为过。

整个白天，小船就这样向北行驶，被巨浪挟持着，幸而和波涛的速度保持一致。有二十几次它都被船头波涛掀起的巨浪吞没，险些沉没；但是每次船长神奇地一转舵，就化险为夷。乘客几次都被浪花和泡沫覆盖，但是他们都保持了一种哲学家的镇定。菲克斯肯定是满腹怨气，但是勇敢的阿妩达夫人这时正凝视着她的同伴，她完全倾倒于这位绅士的镇定，为了不给他丢脸，她也只好强忍不适。福格呢，好像这场台风也完全在他预料之中。

直到现在，“唐卡德尔号”总是在向北行驶；但是傍晚将至时，如人所担心的一样，风向转了二百七十度，转为西北风。小船的船舷就贴在浪尖，船在波涛中疯狂地摇摆。大海迸发出令人惧怕的力量,海浪拍击着小船,尤其是人们对这艘船的结构是否结实不是很清楚。

随着夜幕的降临,暴风雨更厉害了。约翰·班斯比看着黑暗袭来,看着暴风随着夜色越来越强烈,他着实担心。他在想是不是该停滞不前,他征求他的船员的意见。

问完大家后,约翰·班斯比来到福格面前,他说:

“先生,我认为我们最好在附近的港口停靠。”

“我也这么认为。”福格说。

“啊!”船长又问,“但是停在哪个港口呢?”

“我只知道一个。”福格十分平静。

“哪个?”

“上海。”

听到这个回答,船长怔了片刻,他没明白这句话的意思,后来他突然明白了,这是在让他坚定决心,坚持到底。他叫道:

“好,是的!您说得太对了。去上海。”

于是“唐卡德尔号”仍旧不屈不挠地向北驶去。

实在是个可怕的黑夜!这艘小船不翻真是个奇迹。有两次它都被海浪吞没,如果没有缆绳的话,船上的索具就会全部被卷走。阿妩达夫人曾被巨浪打倒,但是她一句抱怨都没有。不止一次,猛烈的浪花袭来时,福格都冲到她面前保护她。

又一个白天来临。暴风雨变本加厉的强烈。然而,风却倒向了东南。这是一个有利条件,“唐卡德尔号”重新在这个波涛汹涌的大海中前进,湍急的海浪产生了一股强劲的风。如果不是船足够坚实的话,这股猛力会让船粉身碎骨。

透过偶尔稀薄的雾气,海岸时隐时现,但是却看不到一艘船。大概“唐卡德尔号”是唯一一艘和大海抗争的船。

中午,大海出现了片刻风平浪静的征兆,随着太阳慢慢降下地平线,这种征兆越来越明显。

这一场暴风雨持续的时间不长,但是却很凶猛。乘客们都已筋疲力尽,现在可以吃点东西、休息一下了。

夜晚就风平浪静多了。船长命令重新升起帆,并把帆升到最低。船的航行速度很快。第二天,11 日,太阳出来时,人们又看到了海岸线,约翰·班斯比确认已经离上海不足一百海里了。

一百海里,只剩下一天的时间了!福格要想赶上到横滨的船,就应该在这一天的晚上到上海。如果没有这场暴风雨耽误了几个小时的话,他现在离港口已经不到三十海里了。

风明显小多了,大海也随之更为平静。小船挂满了帆。顶帆、附加帆和外前帆都升了起来,船头激起朵朵浪花。

中午,“唐卡德尔号”离上海已不到四十五海里。还有六个小时的时间,它要赶在去横滨的轮船开船之前到港。

船上的人很着急。大家决心不顾一切代价按时到达。所有人——大概除了福格,都能感觉到心在急切地怦怦跳。船必须保持在平均每小时九海里的速度,可是风却越来越小!这股风时大时小,断断续续从海岸吹过来。每当风吹过时,海面就会荡起一阵波纹。

幸好船身这么轻,高高悬起的细纹布制成的帆很好地集聚了风力,再加上是顺水行船,六点钟时,约翰·班斯比估计离黄浦江只有十海里了,而上海市则位于黄浦江入海口至少十二海里的地方。

七点钟时,离上海还有三海里。船长骂了句粗话……二百英镑的奖赏看来要与他无缘了。他看了看福格。福格仍然是面无表情,尽管他的命运可能就悬于这一刻……

就在这个时候,一根黑黑的、冒着浓烟的烟囱出现在水面上。这正是那艘准时离港的美国邮船。

“该死!”约翰·班斯比大叫,他绝望地推了一下舵。

“发信号!”福格蹦出几个字。

“唐卡德尔号”架起了一门小铜炮。这是在有大雾迷失方向时发信号用的。

大炮装满了火药,但是当船长拿起一支点燃的炭棒要去点炮时,福格突然说:

“降半旗。”

旗子降到了一半。这是一个遇难时的求救信号,希望美国邮船看到他们后可以改道过来停靠。

“点火!”福格说。

只听到轰的一声炮响。

第二十二章

万事通深有体会，不论身在何处口袋里都要有钱

“卡尔纳蒂克号”离开香港后,11 月 7 日晚上六点半的时候,开足马力朝日本开去。它满载着充足的燃料和众多的乘客。但是有两间舱室却是空的。这就是福格定的那两个舱室。

第二天早上,人们吃惊地发现前甲板上有这么一个乘客,只见他睡眼惺忪、步履蹒跚、头发蓬乱,从二等舱里晃了出来,摇摇摆摆地跌坐到甲板上的一个小筏子上。

这名乘客正是万事通本人。下面就是发生在他身上的事。

菲克斯离开那家大烟馆不久以后,两个伙计抬起已经睡得人事不省的万事通,把他放倒在专为吸烟者准备的大床上。可是三个小时之后,万事通就醒了,他在噩梦中总是梦到一件事,这件事让他无法再睡得安稳。他努力抵制鸦片产生的反应。他突然想到他的任务还没有完成,他麻木的意识有所恢复。他离开了这个躺满烟鬼的大床,摇摇晃晃、靠着墙站起来,倒下又站起,他的本能始终提醒他要离开,他走出了大烟馆,忽然像说梦话一样喊道:“‘卡尔纳蒂克号!’‘卡尔纳蒂克号!’”

这时这艘船已在吐着烟正准备出发。万事通只用了几步就跨上了船。

就在“卡尔纳蒂克号”要起锚远航那一刹那，他冲上踏板、跳上悬梯，接着便一头倒在甲板上人事不省了。

人们对这种现象早已习以为常，过来了几个水手把这个可怜的小伙子抬到下面二等舱的一间舱室，万事通直到第二天早上才醒过来，这时船已经离开中国大陆一百五十海里了。

这就是万事通这天早上如何出现在“卡尔纳蒂克号”甲板上的前因后果，他张大嘴狠狠地呼吸着大海上的凉风。清新的空气让他清醒了过来。他开始回忆以前的事，但是怎么用力也想不起来。不过，最后，他回忆起了前一天晚上的事，以及菲克斯的谈话、大烟馆，等等。

“肯定是，”他自言自语道，“我醉得很厉害！福格先生会说什么呢？不管怎样，我总算没有误船，这是最重要的。”

接着，他想到了菲克斯：

“这个人嘛，”他又说道，“我真希望能甩掉他，在他和我谈判之后，希望他再也不敢跟我们上‘卡尔纳蒂克号’。他居然是个侦探，一个跟踪我主人的探员，还诬陷主人是英国银行盗窃案的窃贼！一边儿去吧！福格先生要是盗贼，我就是杀人犯！”

万事通会把这些事告诉他主人吗？他会把菲克斯在这件事里扮演的角色告诉主人吗？等到了伦敦再告诉他有一个首都警察局的探员曾跟着他环绕地球一周，这岂不很好笑吗？对，就这样办。不过，这个问题得好好想一想。当务之急是找到福格先生，跟他解释清楚自己的不妥行为。

万事通想到这里站了起来。大海波涛汹涌，船剧烈地摇晃着。这个可靠的小伙子现在腿还站不稳呢，可他还是费力地走到了船的后部。

他在甲板上没看到一个人像他的主人或是像阿妩达夫人。

“噢,”他说,“阿妩达夫人这时还在睡觉呢。福格先生可能找到了几个牌友和他打惠斯特吧,按照他的习惯……”

这样想着,万事通下到大厅。福格先生不在这里。万事通只有一件事可做:去找船上的事务长问福格先生的舱室是哪一间。事务长回答他说他不认识任何一个叫这个名字的乘客。

“对不起,”万事通坚持,“这是一位高个子、冷静、不爱交谈的绅士,身边有一位年轻的女士……”

“我们船上没有年轻的女士,”事务长说,“还有,这是乘客名单。您可以自己查一下。”

万事通察看了这张名单,他主人的名字不在上面。

他顿时觉得头晕目眩。接着一个念头在脑海中闪过。

“天哪!我真是在‘卡尔纳蒂克号’上吗?”他大叫。

“是的。”事务长回答他。

“是去横滨吗?”

“没错。”

万事通起初还以为上错了船!但是他真的是在“卡尔纳蒂克号”上,可以确定的是他的主人不在这艘船上。

万事通跌坐在椅子上。他像遭了雷击一样。突然,他的头脑清楚了。他想起“卡尔纳蒂克号”开船的时间提前了,而他应该把这件事告诉他的主人,但是他没有这样做!要是福格先生和阿妩达夫人误了这艘船,那都怪他!

都是他的错,或者说,主要是那个故意让他和他的主人分开、设计把他的主人留在香港的灌醉他的人的阴谋！他现在终于明白了那个侦探的所作所为的目的。现在，福格先生一定很倒霉，他的打赌要输了，可能还会被捕、被关进监狱……万事通一想到这里不由得猛拽自己的头发。啊！要是有一天菲克斯落到自己手里，一定要跟他好好算算这笔账！

万事通在沮丧了一阵后，重新恢复了理智，他仔细考虑了自己的处境。他的情况很不妙。这个法国人在去日本的路上。当然一定会到日本，可是到了之后怎么办呢？他的口袋里一个子儿都没有。连一个先令、一个便士都没有！好在，他的旅费和船上的饮食是提前支付好的。他有五六天的时间想办法。他在船上这段时间大吃大喝的样子真是难以描述。他把他主人那份，把阿妩达夫人那份食物都吃掉了，好像他要去的日本是一个不毛之地，在那里什么吃的都没有似的。

13 日，早上涨潮时，“卡尔纳蒂克号”驶入了横滨港。

这个港口是太平洋上的重要停泊地，所有往返北美、中国、日本和马来西亚的邮船和客船都会在这里中途停靠。横滨和江户一样都位于东京湾内，它离江户这个大城市不远，是日本帝国第二大城市，以前是日本征夷大将军的驻地。在那段时期，横滨的势力和皇宫甚至可以分庭抗礼，而皇宫是日本天皇所在地，按照日本宗教的说法，天皇是天神转世。

“卡尔纳蒂克号”停靠在横滨港码头，它在靠近防洪堤和海关仓库的地方下锚，停在众多的各国轮船中间。

万事通跨上了这个太阳神之子的国家，他却一点热情都没有。他毫无目的地乱逛乱撞，只能听天由命到城里碰碰运气。

万事通先来到了一处完全欧式的城区，这里的房子正面都很低矮，前面都带有装饰着精致门柱的回廊。这一片城区街道纵横、广场众多、船坞密布、仓库林立，从条约岬一直延伸到江边。这里和香港、加尔各答一样，充斥着各色人等，有美国人、英国人、中国人、荷兰人，有准备买进卖出的商人，在这些人当中，这个法国小伙子像是被扔到了南非霍顿督国家的一个老外。

万事通本来有一个办法：那就是去法国或英国驻横滨领事馆讲明情况；但是他不愿意把他的事讲给别人听，因为这与他主人的事情紧密相连，在走到这一步之前，他想先试一试其他的办法。

于是，在穿过这片欧洲城区之后，他没有找到任何可以利用的机会，他又撞进了日本区，他决定如果需要的话，他就一直走到江户。

横滨的这一个本国人居住区叫“奔天”，这是附近岛上居民信奉的一个海上女神的名字。这里到处都是青松翠柏，浓荫匝地的小路，门上刻有神像的式样奇特的房屋，显现在竹林芦苇之中的座座小桥，掩映在葱茏凝重、百年翠柏中的神庙，以及佛教僧人和孔子门徒清心修行的寺院；还有一些望不到头的长街，街上随处可遇一群群面色红润的孩子，他们的小脸红扑扑的，在和一些短腿的狮子狗还有懒洋洋的十分惹人疼爱的小黄猫玩耍，这些小娃娃就好像是从某个日本屏风上走下来的，十分可爱。

街上的人群来来往往，络绎不绝：有敲着单调手鼓列队前行的和尚，有政府官员，有头戴尖顶漆花帽、腰挎双刀的海关官员和警察，有身穿蓝底白纹棉军装、肩背连发步枪的士兵，有穿着紧身丝绸上衣、外套盔甲的天皇卫队士兵，还有其他各种各样不同等级的军人——在日本和在中国一样，当兵是一种很受人尊敬的职业。另外，街上还有当街乞讨的僧人、身穿长袍的信徒和普通的老百姓，这些本地人都有着乌黑光亮的头发，他们头大，上身长，下身短，身体矮小，面色有深有浅，有的暗如铜灰，有的苍白无光，但是都不像中国人那样黄，这是日本人和中国人最基本的差别。此外，街上的车辆也是五花八门，有轿子、马车、挑夫、篷车、漆花的古轿、双人软轿、竹轿。街上行走的一些日本女人不是很漂亮，她们脚穿布鞋、草拖鞋或是特制的木屐，个个都是小小的脚，迈着小碎步，她们的眼角向上挑，胸部束得平平的，牙齿染成流行的黑色，但是她们穿的和服却很漂亮；这种日本的传统服装是一种家常的长袍，加上一条交叉起来的缎带，腰上再围上一根宽宽的腰带，腰带在身后打成一朵大大的蝴蝶结——巴黎时髦女人的装扮好像就是从日本女人这里学来的。

万事通在这些五花八门的行人中间逛了好几个小时，他逛遍了街上奇奇怪怪富丽堂皇的店铺，参观了堆满金银珠宝的首饰市场，他在那些挂着花花绿绿小旗的日本饭店门口张望良久，却不能进去解馋；他还到茶馆瞧了瞧，那里的人在大杯地喝着一种味道清香的日本热茶和清酒，那是经大米发酵后酿成的甜酒。他还去了烟馆，那里的人吸的不是鸦片，而是一种气味芳香的烟草，在日本鸦片几乎不怎么看得到。

万事通随后来到了郊外，这里是一望无际的稻田。田野里开着很多鲜花，它们展示着最后的美色和芬芳，其中有怒放的茶花，但是这些茶花不是长在矮树上，而是长在大山茶树上。在竹篱笆围着的果园里，当地人还种着一些樱桃树、李子树、苹果树，与其说他们在种果树，还不如说他们是在种花。果园里放有怪模怪样的稻草人，还有不断发出刺耳声音的转门，用来驱赶那些麻雀、鸽子、乌鸦和其他贪食的鸟类。这里到处都是巨鹰栖息的高大的雪松，到处都有鹭鸶只用一条腿站立在垂柳的树荫下郁郁沉思，随处可见小嘴乌鸦、鸭子、山鹰、野鹅和大个的仙鹤，日本人把仙鹤看作神鸟，认为它代表着长寿和富贵。

万事通正在四处瞎逛，突然发现草丛中有几株紫罗兰。

“太好了！”他叫着，“我有东西吃了。”

可是他闻了这些花之后却发现它们没有一点香味。

“真倒霉！”他心想。

不过，多亏这个好小伙儿有先见之明，他在离开“卡尔纳蒂克号”之前狠狠地吃了一顿丰盛的午餐，可是走了一天之后，他觉得现在肚子里空空如也。他特别注意到当地的肉铺架子上没有山羊肉、绵羊肉或是猪肉，他知道这里的牛只能用来耕作，是不可以杀来吃的，最后他得出结论：日本的肉食很少。他想得没错，但是既然肉铺没有猪羊牛肉，他的胃还是非常渴望别的什么肉的，比如野猪肉、鹿肉、山鹑、鹌鹑、家禽或鱼肉，日本人除了吃米以外几乎只吃这些肉类。可是万事通现在只能自认倒霉，他只能等明天再考虑填饱肚子的问题。

夜晚降临，万事通又回到了城里。他在街上溜达，看到街边到处都是各色的灯笼，街上有一些卖艺的人在施展着各自的绝活，还有一些搞星象占卜的人在招揽路人看他们的望远镜。随后，他又来到了港口，这里渔火点点，渔民点燃了树脂用以吸引鱼群。

街上的人越来越少。巡警出来巡夜了。这些警官穿着漂亮的制服，身边前呼后拥着随行的士兵，就像大使出巡一样威风。万事通每逢碰到这种巡逻队就会开玩笑地说：“好哇！又来喽！又一个日本使团要出访欧洲了！”

第二十三章

万事通的鼻子变得奇长无比

第二天,疲惫不堪、饥肠辘辘的万事通对自己说无论如何他也要吃点东西了,而且越快越好。其实他也不是一点办法都没有,他可以把他的表卖掉,但是他宁愿饿死也不愿这样做。也许对这个正直的小伙子来说,现在正是一个千载难逢的好机会,他可以用他那浑厚有力、优美动人的天赋歌喉卖唱赚钱。

他会唱几首法国和英国歌曲,他决定试一试。日本人应该会喜欢音乐,他们既然能欣赏那些铙啊鼓啊,就应该也能欣赏他这个欧洲演唱高手的歌声。

不过现在就开唱似乎早了一些,他觉得他穿的衣服对于街头艺人来说似乎显得太好了,他忽然想到应该去换一套更适合他现在处境的旧衣服。而且换一套旧衣服还可以再弄点钱回来,那他就可以马上买点吃的填填肚子。

想到这儿,万事通决定去换一套衣服。他找了很久才找到一家旧衣店,他提出要换衣服。店主很喜欢他的这套欧式服装,很快万事通就穿着一件滑稽的日式旧袍子,头上裹着一条褪色的花纹头巾走了出来。而且,出来时,口袋里还有几个硬币在叮当作响。

“好了,”他想,“我简直可以过狂欢节了!”①

现在打扮得像日本人的万事通的当务之急就是找一家样子简朴的日本茶室,叫一点零碎的鸡肉或鸭肉,吃一小撮儿米饭。他现在的样子真像那种吃了上顿没下顿的可怜虫。

“现在,”当他吃完这顿丰盛的早饭后,他自言自语,“我可不能稀里糊涂的。我可不能再拿这套衣服去换另外一套更破的日本服装了。我必须想办法穿得像模像样地离开这个‘太阳之国’,这个地方留给我的只有糟糕的回忆!”

万事通想去看看开往美洲的船都有哪些。他想毛遂自荐到船上当厨师或侍应生,不要报酬只要免费坐船和吃饭就行。只要到了旧金山,他就会有办法了。最重要的是怎样离开日本到达美洲,怎样完成这一段太平洋上四千七百海里的路程。

万事通可不是优柔寡断的人,他主意一定就朝横滨港走去。但是在去码头的途中,他对刚才以为如此轻而易举的计划变得越来越没有把握。去美洲的船上凭什么会需要我这样的厨师或侍应生呢,我这身怪打扮,人家凭什么会信任我呢?我有什么有价值的东西推荐呢?我能给他们什么东西证明呢?

正在他这样苦苦思索的时候,他的视线落到了一张海报上面,一个小丑正举着这张海报在街上走来走去,上面写着以下几行英语:

---

① 此处原文是canaval,估计是carnaval的笔误,法语carnaval的意思为狂欢节。

尊敬的威廉·巴图卡尔先生带领的

日本杂技团

赴美之前最后一次演出

在“泰古神”①直接保佑下的特别节目

长鼻子——鼻子长

精彩绝伦　　不容错过!

“美国!”万事通大叫,“这正是我要的……”

他跟着这个拿海报的小丑,不一会儿就到了日本人聚居区。一刻钟以后,他在一个宽大的马戏棚门前停了下来,门口有许多小旗迎风招展,墙壁外挂着所有杂技演员的剧照画像,这些画像毫无立体感,但是色彩很鲜艳。

这就是尊贵的巴图卡尔先生杂技团,这位先生是一位巴尔努②式的人物,手下有一大批演员:有表演跳板的、表演杂要的,还有小丑、杂技演员、平衡技巧演员、体操演员,根据海报上说的,他们要在离开这个太阳之国赴美之前进行最后一场表演。

万事通走进马戏棚前的一个院子,要求见一见巴图卡尔先生。巴图卡尔亲自出来了。

“您有什么事?”他问万事通,他起初把万事通看成了日本人。

---

① 日本的寺庙保护神。

② 巴尔努:美国有名的杂技团经理。

“您需要仆人吗?”万事通问。

“仆人,”团长摸着他颌下浓密的胡子叫道,“我已经有两个了,他们既听话又忠实,从不离开我左右,而且不求报酬,我只给他们提供食宿就行……您看。”说着,他抬起他那两只结实的胳膊,胳膊上爆起条条青筋,像低音提琴的琴弦那么粗。

“那么,我对您就一点儿用处都没有了吗?”

“毫无用处。”

“见鬼!可是跟你们一起去美国对我来说简直是再合适不过了。”

“噢,原来是这样!”巴图卡尔先生说,“您这身打扮要是像日本人的话,我就是猴子了!为什么您穿成这样?”

“有什么就穿什么嘛!”

“那倒是。您是法国人吗?”

“是的,是法国巴黎人。”

“那么,您一定会装模作样喽?”

“不错。”万事通回答,他没想到他的国籍会引出这么一个问题,是的,我们法国人是会装模作样,但是我们可比不上那些美国人会装腔作势!

“这就好。好吧,我不要你做仆人,我需要一个小丑。你明白吧,棒小伙儿。在法国,人们要看外国小丑,在外国,人们要看法国小丑!”

“噢!”

“你的力气很大,是吗?”

“尤其在吃饱饭以后。”

“你会唱歌吗?”

“会。”万事通回答，他曾经在街头音乐会演唱过。

“但是，你会头朝下倒立唱歌吗，同时左脚要转动陀螺，右脚要顶一把军刀，可以吗？”

“当然啰！”万事通想起他年轻时最早接受的训练。

“你看，这就是我要你干的！”巴图卡尔说。

于是两个人当场都拍板决定了。

万事通终于找到了一份工作。他被吸收在这个有名的日本杂技团里跑龙套。虽然这没什么了不起的，但是他用不了一周就可以去旧金山了。

巴图卡尔大张旗鼓宣传的表演将在三点钟开始。门口的日本乐队已经开始乒乒乓乓敲鼓奏乐了。万事通不知道他的任务，但是他要在“叠罗汉”这个节目中贡献出他那结实的肩膀，这是由信仰“泰古神”的长鼻子演员表演的节目，这个“精彩绝伦”的节目是整场演出的压轴戏。

还不到三点，马戏棚前的院子里就已经挤满了观众。有欧洲人、日本人、中国人，有男人、女人和孩子，他们争先恐后地冲向长条凳和舞台对面的席位。乐队也回到了帐篷里，乐手都到齐了，有铜锣、达姆达姆鼓、快板、笛子、长鼓、大鼓，大家热火朝天地吹打起来。

这个马戏团的节目和其他所有的杂技团一样。但是应当承认，日本的杂技演员是世界上最好的平衡高手。有一个演员手拿扇子和碎纸片变出了优美的蝴蝶和花朵；另一个演员用他烟斗里喷出的烟迅速在空中写出一串串青色的字，这些字组成了一句感谢在座观众的致辞；有一个演员玩起了杂耍，他双手轮流抛起一些点燃的蜡烛，当蜡烛抛到他嘴前时，他就把这蜡烛一支支地吹灭，然后又马上把它们一支支地点燃，自始至终双手都没有停止抛接;还有一个演员表演转陀螺,在他的手里,这些陀螺好像活了起来,可以在任何地方旋转,简直不可思议。它们一会儿转到烟斗上,一会儿转到锋利的军刀上,一会儿又转到舞台这头到另一头系着的头发一样细的铁丝上,它们可以在巨大的水晶杯口转圈,可以爬竹梯,它们倏地散落到四面八方,各自发出高高低低不同音调的轰鸣,可是听上去却是错落有致又奇特又和谐。演员们把这些陀螺转向空中,他们用木拍抛接,这些陀螺就像会飞一样,在空中也转个不停。演员们把陀螺收到袋子里,当再抽出来时它们居然还在转,一直到发条彻底松了,它们才像花朵一样四散停下!

这个杂技团的演出真是精彩得无与伦比,在这里不再赘述。什么转梯子、转竹竿、转大球、转木桶,演员的表演既精确又稳当。但是演出的重头戏还是“长鼻子”戏,欧洲还没见到过这样高难度的平衡技巧。

这些在“泰古神”直接庇护下的“长鼻子”演员摆出了一个奇特的造型。他们穿得像中世纪的传令官,肩膀上扎着一对漂亮的翅膀。但是最特别的地方是他们脸上安的长鼻子,尤其是他们带着这些长鼻子做的表演更让人叫绝。这些假鼻子是用竹子做的,有五六尺甚至十尺长,有的是直的、有的是弯的,有的光滑细致、有的疙里疙瘩。演员们所有的平衡动作都是靠这些假鼻子支撑来完成的。有十二三个这样的演员背朝下仰面躺在地上,其他的演员嬉笑着爬上这些像避雷针一样竖着的长鼻子,他们在上面跳来跳去,从这个鼻子飞到那个鼻子,做出一些最令人难以置信的动作。

最后,舞台上隆重宣布演员将表演一个人造金字塔,五十几个长鼻子演员要摆成“叠罗汉”的造型。不过尊贵的巴图卡尔先生的杂技演员不是靠站在别人肩膀上来搭这个罗汉金字塔,而是站在其他人的长鼻子上。因为搭这个塔底部的一个演员离开了杂技团，所以要找一个结实灵敏的人来顶替他，万事通就是要代替这个人的位置。

这个神气的小伙子此时觉得有些可悲，当他穿上中世纪的服装、扎上花花绿绿的翅膀、脸上安着六尺长的假鼻子时，他又想起了年轻时悲惨的经历！可是，不管怎样，这个假鼻子现在是他谋生的手段，他只能接受现实。

万事通来到台上，和其他要组成底座的演员站到一起。他们都躺到地上，假鼻子朝天竖着。然后第二层的演员躺到他们的鼻尖上，也是这个姿势，接着第三层又躺了上去，随后是第四层，就这样如法炮制，不一会儿，这个罗汉塔已经要碰到了马戏棚的棚顶。

顿时，场内爆发出雷鸣般的掌声，同时乐队也突然鼓乐大作。可就在这时，这个金字塔突然失去了平衡，其中一个底层演员的长鼻子耷拉了下来，于是，整个塔身像纸牌搭成的积木一样噼里啪啦一下子坍塌下来。

这都是万事通搞的鬼，只见他突然离开自己的位置，虽然身上的双翅不会飞，可是他却早已飞快地越过舞台前的栏杆，爬上了右边的看台，匍匐在一位观众的脚下大叫：

"啊！主人啊！我的好主人啊！"

"你？"

"是我呀！"

"太好了！那么，上船吧，小伙子！……"

福格先生、阿妩达夫人陪着万事通迅速地从马戏棚外的回廊里走了出来。只见尊贵的巴图卡尔先生满面怒容地站在那里，要求他们为这次事件进行赔偿。福格让他消消气,并扔给了他厚厚的一沓钞票。六点半时,在他们应该出发的时间,福格和阿妩达夫人踏上了开往美国的轮船,身边跟着肩插双翅、鼻长六尺的万事通,他还没来得及把这些东西去掉!

第二十四章

横渡太平洋

我们已经知道福格和阿妩达夫人乘坐“唐卡德尔号”要到上海，途中遇到风暴耽误了时间，他们向已经离港要开往横滨的轮船发出了求救信号。大船上的人听到了信号，船长也看到了他们降下的半旗，大船急忙朝福格乘坐的小船开了过来。几分钟之后，福格结清了他的船费，付给了约翰·班斯比五百五十英镑。然后，这位可敬的绅士就和阿妩达夫人以及菲克斯一起登上了汽船，这艘船马上朝长崎和横滨驶去。

11 月 14 日早上，按照预定的时间，福格准时登上了“卡尔纳蒂克号”，菲克斯留下来处理自己的事情，没有上船。上船后，福格得知，那个法国小伙子万事通在前一天已经到横滨了。阿妩达夫人知道后非常高兴，可能福格也很高兴，但是表面上一点儿也看不出来。

福格必须当天晚上乘船去旧金山，他决定马上去找他的仆人。他到处寻找万事通，但是都没有找到，他还去了法国领事馆，在毫无收获地逛遍了横滨大大小小的街道后，他对找到万事通已经不抱希望了。出于偶然，或是一种预感，他走进了尊贵的巴图卡尔先生的马戏帐篷。他一点也没有认出穿着古怪的中世纪士兵服装的万事通，但是万事通虽然是躺着的，却一眼认出了观众席上的主人。他再也无法用自己的鼻子支撑上面的演员了。于是整个罗汉塔就失去了平衡，发生了之前我们讲过的事。

万事通从阿妩达夫人的口中得知了他主人的事，知道了他们怎样和菲克斯一起乘坐“唐卡德尔号”从香港到了横滨。

听到菲克斯这个名字，万事通一点也不奇怪。他觉得现在告诉主人这个侦探和他之间发生的事还不到时候。所以在讲他自己经历的时候，万事通只是自责，都怪自己在横滨[①]大烟馆醉倒了。

福格冷静地听着万事通的叙述，一句话也没有说；听完后他给了万事通一笔钱，足够他在船上买一些更合适的衣服。不到一个小时，万事通就去下了他那个长鼻子、拆掉了那对翅膀，他身上没留下一点儿会让人想到“泰古神”信徒杂技演员的东西。

从横滨开往旧金山的轮船属于“太平洋轮船公司”，叫“格兰特将军号”。这是一艘带有轮机的二千五百吨巨轮，装备先进、速度极快。轮船甲板前部竖着一根杠杆，两头一上一下地晃动着；这根杠杆的一端连着活塞柄，另一端连着轮机上的曲臂，杠杆把活塞的直线运动转换成了轮机曲臂的圆周运动，直接推动轮轴转动。“格兰特将军号”是一艘三桅船，有着巨大的帆，这就更增加了蒸汽机对船的推动。轮船保持着每小时十二海里的时速，估计用不了二十天就可以横渡太平洋。福格对 12 月 2 日到达旧金山很有信心，然后他就可以在 12 月 11 日到达纽约，20 日到伦敦——这样就可以在 12 月 21 日这个最后期限之前提前几小时到。

---

① 原文如此，估计应为香港。

船上的乘客非常多，有不少英国人、美国人，以及要移民到美国做苦力的人，还有一些趁着假期周游世界的印度军官。

航行中没有任何海上事故发生。轮船依靠巨大的轮机推动，加上全面展开的风帆，十分平稳地向前行驶。太平洋真是和这个名字一样太平。福格十分镇定，依然很少和别人说话。他那位年轻的旅伴阿妩达夫人现在感到她和这位绅士之间的关系越来越紧密了，已经不是简单的认识而已。福格如此安静的天性、在金钱上的慷慨，都给她留下了意想不到的深刻印象，甚至可以说，她不知不觉地在跟着自己对福格的感情历程走，而那个谜一样的福格却丝毫没有感到这一点。

此外，阿妩达夫人对福格的环球计划也极其关心。她总是担心有什么意外会破坏这次旅行的成功。她总是和万事通交谈，而万事通早已从阿妩达夫人的话中猜透了她的心思。这个忠诚的小伙子现在对他的主人的崇拜就像当年烧炭党徒一样狂热，他不停地夸赞主人如何的诚实、如何的慷慨、如何的乐于助人；然后，他告诉阿妩达夫人这次旅行一定会顺利完成的。他反复地说旅行中最困难的阶段已经过去，已经走过了迷人的中国和日本，马上就要到美洲了，他们只需要坐上旧金山开往纽约的火车，完成从纽约到伦敦这段路，就可以在预计时间内万无一失地完成这次不可思议的环球旅行。

在离开横滨后的第九天，福格刚好环绕了半个地球。

“格兰特将军号”正是在 11 月 23 日这一天穿过了 180 度子午线，恰恰和北半球同一条纬线上的伦敦处于地球直径的两个端点。按照福格的八十天环球计划，他已经用了五十二天，还有二十八天多一点的时间。但是要知道，虽然按照子午线计算，他现在仅仅走了一半的路，而实际上他已经走完了全程的三分之二。因为,从伦敦出发后,他不得不绕几个弯先到亚丁,再到孟买,然后从孟买到加尔各答,接着到新加坡,然后才能到横滨!如果他沿着伦敦所在的50度纬线走的话,环绕地球一周的直线距离只有一万二千英里左右。可是由于受到交通条件的限制,他却不得不走二万六千英里。而现在也就是11月23日,他已经完成了一万七千五百英里。不过从现在开始,回伦敦的路就都是直线了,而且菲克斯也不在旁边制造麻烦!

11月23日这天,万事通非常高兴。我们一定记得这个固执的小伙子那块宝贝的祖传大表一直保持着伦敦时间,以至于和沿途每个国家的时间都不一致。但是,这一天,尽管他既没有拨快也没有拨慢他的表,他的表指示的时间却和船上的大钟完全一样。

万事通之所以高兴,还有一个原因。他现在很想知道如果菲克斯在的话会说什么。

“这个滑头给我说了一堆什么子午线、什么太阳、什么月亮的,”万事通不住地说,“哼!这些人!要是听他们的,还不知会做出什么样的钟呢!我就知道早晚有一天,太阳会和我的表保持一致的!……”

可是,万事通不知道:如果他的表和意大利的钟一样分为二十四个刻度的话,他就一点儿也不会感到得意了。因为假如船上的钟的时针指着早上九点的话,他的表针实际上指的是晚上九点,也就是说是二十四个小时中的第二十一点钟,他的表和船上的钟之间的时间差也就是伦敦时间和180度子午线地区的时间差。

可是,即便菲克斯可以从物理学方面准确地解释这一点,毫无疑问,万事通也不能明白,即便他能明白,他也不会接受。不管怎样,如果这个侦探现在真的登上船的话——当然这是不可能的——那么对他恨之入骨的万事通对他的态度准会不同以往,决不会同他谈论表的问题。

可是,菲克斯现在在哪里呢?

其实,这个侦探一到横滨就离开了福格,当天他就马上跑到了英国领事馆。在那里,他终于拿到了逮捕令,这个逮捕令从孟买一直跟在他后面转寄了四十天。警方以为菲克斯一定会乘"卡尔纳蒂克号"到横滨,所以就把这张逮捕令交给这条船从香港一直寄到横滨。可以想象这么一来这个侦探有多失望!这个逮捕令已经没用了!福格已经走出了英国管辖的范围!要想逮捕他就必须申请引渡!

"算了!"菲克斯在生了一阵闷气后说,"我的逮捕令在这已经没用了,不过一到英国就有效了。福格这个流氓看来真要回去,他还以为他已经摆脱了警察呢。好吧。我会一直跟到底。至于赃款,天知道还剩下多少!旅费、奖金、诉讼费、保释费、买大象以及其他的各种开支,他在路上已经扔了五千多英镑了。管它呢,反正银行有的是钱!"

他拿定主意后,立刻登上了"格兰特将军号"。当福格和阿妩达夫人上船的时候,菲克斯已经在船上了。他万万没想到会看见穿了一身奇装异服的万事通。他马上就躲到自己的舱室去了,免得引起争辩,会把事情搞砸。幸亏船上乘客多,他以为一定不会被对手认出来。可是这一天他却在前甲板和万事通撞了个正着。

万事通二话不说,上去一下子掐住了菲克斯的脖子。这一下,一些爱看热闹的美国人可开心了,他们马上分成两派赌他们两个谁会赢。万事通狠狠地把这个倒霉侦探揍了一顿,法国拳术果然比英国拳术高明得多。

万事通打完后，长出了一口气，心情平静多了。菲克斯从地上站起来，他的样子糟透了，他看着他的对手万事通，冷冷地说：

“打完了吗?”

“是的，暂时完了。”

“那么过来谈谈。”

“我……”

“对你主人有好处的事。”

万事通好像被这个冷静的敌人降服了，他跟在这个侦探后面，两个人来到船头甲板上坐下。

“你打了我一顿，”菲克斯说，“好了。现在听我说。我一向和福格先生作对，但是现在我要帮他。”

“啊!”万事通喊道，“那么你终于相信他是个正人君子了!”

“不，”菲克斯冷冷地说，“我认为他是个流氓……嘘！别动，让我说完。福格在英国管辖的地方时，我拖住他，因为我要等逮捕令，抓到他会对我有好处。为此我想尽了一切办法。我在孟买唆使僧人告他，在香港把你灌醉就是为了把你和你的主人分开，使他误了去横滨的船……”

万事通听着，不禁握紧了拳头。

“现在，”菲克斯接着说，“福格好像要重回英国？好的，我会跟着他。但是，从现在起，我会帮他扫除路上的障碍，我会拿出以前给他制造麻烦的细心和热情来帮他。你明白了吧，我的立场变了，因为这对我自己有利。我还要告诉你，你的利益也就是我的利益，因为只有到了英国，你才知道你是在给一个罪犯服务还是在为一个正人君子服务!”

万事通听得非常认真，他看得出菲克斯说的都是真心话。

“我们是朋友吗？”菲克斯问。

“朋友，不，”万事通回答，“是同盟才对，而且合作是有限度的，只要有一点对我主人不利的苗头，我马上扭断你的脖子。”

“可以。”菲克斯平静地说。

十一天以后，12 月 3 日，“格兰特将军号”驶入了金门港，到达了旧金山。

福格一天也没有提前，一天也没有迟到。

第二十五章

旧金山大会一瞥

如果我们可以把福格、阿妩达夫人和万事通下船的这个浮在水面的码头称作陆地的话，这一天早上七点，他们终于踏上了美洲的土地。这个浮着的码头随着潮涨潮落也不停地升降，可以方便船只装卸货物。这里停有各种大大小小的游艇、各国的汽船，以及那些专门在萨克拉门托河和它的支流运送货物的多层汽艇。这里还堆着要运往墨西哥、秘鲁、智利、巴西、欧洲、亚洲以及太平洋各个岛屿的货物。

万事通很高兴终于到了美国，他认为应该做一个最漂亮的鹞子翻身跃上码头。但是当他的脚落到这个已经糟糕的漂浮码头上时，他差点摔个狗啃泥。他就是以这样狼狈的方式踏上了这个新大陆，这个正直的小伙子兴奋得大叫了一声，无数群栖息在这些码头上的鸬鹚和鹈鹕被他的大叫惊得四散飞逃。

很快，福格也下来了。他马上询问开往纽约最早一班火车发车的时间。有人告诉他是当晚六点。这样，他有整整一天的时间可以看看这个加利福尼亚州的首府。福格花了三美元为阿妩达夫人和自己叫了一辆车。万事通当然登上了车前面的位子，这辆车立刻朝国际饭店开去。

万事通坐在高高的座位上好奇地欣赏着这个美国城市:宽宽的马路、排排整齐的矮房子、盎格鲁-萨克森民族哥特式的教堂和寺庙、巨大的船坞、宫殿似的仓库,这些仓库有的是用木头盖的,有的是用砖头垒的;街上跑着各种各样的车子,有公共汽车和有轨电车;人行道上拥挤不堪,有美国人和欧洲人,也有中国人和印第安人,还有其他各国的人,共有二十万人居住在这座城市里。

万事通对看到的都十分好奇。1849 年时,这里还是一个强盗出没的地方,到处有人杀人放火,大家都来这里寻找金矿,一时之间,这里汇集了三教九流和地痞流氓,他们一手拿枪一手持刀赌博金粉。但是,这段"美好时光"已经一去不复返。旧金山如今已经呈现出一个商业大城市的崭新面貌。日夜有警卫监护的市政厅高大威严,管理着城里所有的大街小巷。这些街道排列得十分整齐,拐弯全部都是 90 度直角,街道间点缀着绿油油的街心花园。前面还有一个中国城,好像装在玩具盒里从中国运来的一样。这里再也看不到头戴阔边毡帽身穿红衬衫的淘金者,也看不到头扎羽毛的印第安人,只有头戴绸帽、身穿黑色礼服的追名逐利的绅士们。这里有几条街,和伦敦的瑞金大街、巴黎的意大利人大街以及纽约的百老汇大街很相像。比如蒙哥马利大街,它的两边开着高档商店,在那里可以买到世界各国的东西。

万事通一到国际饭店,就觉得仿佛自己还没离开英国。

酒店大堂有一个宽敞的酒吧,为旅客提供免费的冷餐。食品有肉干、牡蛎汤、切开的饼干和干酪,都不用旅客花一分钱。如果客人有兴致想喝两杯,这里有英国的淡色啤酒、葡萄牙的波尔图葡萄酒和赫雷斯白葡萄酒,只用支付酒水的钱就可以。

这家酒店的餐厅很棒。福格和阿妩达夫人在一张桌子旁坐好后,立刻有几个漂亮的黑人为他们端上了琳琅满目的一碟碟小菜。

吃过午饭后,福格由阿妩达夫人陪着离开了酒店,他们要去英国领事馆办理签证。正当福格走在人行道上时,他碰到了他的仆人万事通,万事通问他在乘火车前要不要买十来支安菲牌马枪或寇尔特牌左轮手枪以防万一,因为万事通听说这里的西乌人和包尼斯人①常常会像西班牙强盗那样拦截火车。福格说这有些多余,不过他让万事通看着办,想买就买吧。然后他径直朝英国领事馆走去。

真是巧得不能再巧了,福格走了还不到两百步,就迎面碰到了菲克斯。这个侦探装出非常吃惊的样子。怎么!原来福格和他都渡过了太平洋来到了美国,他们竟然没有在船上碰到!菲克斯还是不得不对再次遇到福格表示荣幸,他真该感谢福格的帮助。目前菲克斯的任务需要他回欧洲,他对有这么好的同伴和他一起继续旅行感到高兴。

福格回答他说对此他也感到很荣幸。菲克斯一直盯着福格,他问福格愿不愿意和他一起参观一下旧金山这座奇妙的城市。福格同意了。

于是,阿妩达夫人、福格和菲克斯一起在街上慢慢地逛。他们不一会儿就到了蒙哥马利大街,这里人头攒动、十分热闹。在人行道上、马路中间、商店门前,到处都是人,透过房屋窗户可以看到家家户户都挤满了人,甚至连屋顶上都站满了人,真是不计其数。有一些手持海报的人穿行在人群中间,

① 北美的印第安民族。

各色的旗帜和小彩旗在空中飘扬,不时听到阵阵叫喊声从四面八方传来。

“噢! 卡梅尔菲尔德必胜!”

“噢! 曼蒂博必胜!”

这是一次群众集会。至少菲克斯这么认为,他把自己的想法告诉了福格,他又说:

“先生,我们最好不要掺和到这群乱七八糟的人当中。否则我们只会挨揍。”

“是的,”福格说,“我们会挨拳头,和政治有关的话,这拳头就不是普通的拳头了!”

听到此话,菲克斯觉得自己应该笑一下表示同意。为了不卷入这场风波,阿妩达夫人、福格和菲克斯上到一个阶梯的最高处,他们在这里的一个露台找座位坐了下来。这里地势很高,可以俯瞰整个蒙哥马利大街。他们看到,在他们面前的大街另一端,有一个运煤的码头和石油公司的商店,码头和商店中间的空地上搭了一个大讲台,四面八方的人都在朝这里拥。

那么究竟这是个什么集会呢? 为什么要开这样的群众集会呢? 福格真的一点也不知道。是要选举一名军官或文职呢? 还是要选举一名政府官员或国会议员? 这种万人攒动的浩大场面可以让你产生各种猜想。

这时人群忽然产生了一阵骚动。所有人都举起了双手,有一些人还握紧了拳头,高高举起,好像要打架似的,顿时喊声四起——实际上这不是打架,只是为了表示支持选举的决心。人群一直动荡不安,一会儿向前拥一会儿向后退。旗帜在空中上下翻动,一会儿被人群淹没,一会儿又重新露了出来,但是当旗子重新露出时已经支离破碎了。突然,拥挤的人群一下子拥到了福格他们坐的平台前,黑压压的脑袋在四面八方蠕动,那场面就像海面突然掀起了一阵飓风。无数顶黑黑的帽子遮挡了视线,大部分人都已经站立不稳了。

“这肯定是一次选举,”菲克斯说,“肯定要讨论一个激动人心的问题,我敢肯定,这一定和‘亚拉巴马事件’有关,虽然这件事已经解决了。”

“可能吧。”福格简单地说了一句。

“不管怎样,”菲克斯又说,“有两个人肯定是针锋相对的,一个是尊贵的卡梅尔菲尔德先生,另一个是尊贵的曼蒂博先生。”

阿妩达夫人挽着福格的手臂,她惊慌地看着这个混乱的场面。菲克斯正想向他旁边的一个人打听为什么这么多人在这里集会,突然人群又产生了一阵巨大的骚动。只听见喊叫声、咒骂声震耳欲聋。旗杆此时也变成了攻击别人的武器。到处都是挥舞的手臂和拳头。无论是路边停着的汽车顶上,还是被拦在半路的公共汽车上,都有人在扭成一团。任何东西都可以拿来当武器砸别人。靴子、皮鞋在空中划出长长的曲线打到人的身上。好像在叫骂声中还掺杂有几声枪响。

骚动的人群拥向了福格他们所在的阶梯,他们已经拥上了头几个台阶!虽然目前还不清楚是卡梅尔菲尔德派占了上风,还是曼蒂博派占了上风,但是有一派已经明显地处于劣势。

“我看为保险起见,我们还是走吧。”菲克斯说,他怕万一“他的”福格先生挨打或出事,他可付不起这个责任。“如果这事和英国有关,万一被他们发现我们是英国人,那我们肯定会被揪进去挨打!”

“一个英国公民……”福格回答。

没等福格说完,他身后平台上靠近楼梯的地方突然叫声震天,把他的声音盖下去了。人群中叫着:“噢! 嘿! 嘿! 曼蒂博必胜!”这群人是来声援同伴的,他们从侧面向卡梅尔菲尔德派发起了进攻。

福格、阿妩达夫人和菲克斯正好处于这两派人中间,要跑已经来不及了。这些汹涌而至的人手里拿着铁棒和短棍,气势汹汹。福格和菲克斯奋力保护着被挤得几乎站立不稳的阿妩达夫人。福格和往常一样冷静,他用自己天然的武器——上天赋予每一个英国人的武器——手臂进行反抗,但是却无济于事。这时来了一个体格健壮、长着红胡子、红脸宽肩的家伙,他好像是这伙人的头头,他挥起一拳狠狠朝福格打来,要不是勇于奉献的菲克斯替福格挡了这一拳,这位绅士准会吃大亏的。这一拳着实厉害,菲克斯那顶绸缎帽子都被打扁了,他脸上立刻肿起一个大红包。

“美国佬!”福格大叫一声,他蔑视地看着对手。

“英国人!”那个人回答。

“我们会再见面的!”

“随时恭候。——请问大名?”

“费雷亚斯·福格。你尊姓大名?”

“斯汤普·普洛克托上校。”

两人说完后,人群过去了。菲克斯被撞翻在地,他再站起来时,身上的衣服已经被撕破了,所幸没受什么重伤。不过他的短大衣被撕成了两半,他的裤子好像那些印第安人穿的短裤,很时髦,那是事先把裤裆剪掉才穿的短裤。不过,还好,阿妩达夫人总算安然无恙。只有菲克斯一个人挨了一拳。

“谢谢。”走出人群后福格对菲克斯说。

“没什么，”菲克斯回答，“走吧。”

“去哪里？”

“找一家服装店。”

这确实很有必要。福格和菲克斯的衣服都被扯成了一缕一缕的，好像他们也为尊贵的卡梅尔菲尔德和曼蒂博打了一架似的。

一个小时以后，他们穿戴整齐，焕然一新，回到了国际饭店。

万事通在那里等他的主人，他武装了六七支可以装六发子弹的左轮手枪。当他看到菲克斯和福格在一起时，不由得皱起了眉头。但当阿妩达夫人简单地把刚才发生的事跟他讲了以后，万事通悬着的一颗心重又放了下来。菲克斯果然不再和他们作对了，他成了他们的同盟。他还真说话算话。

吃完晚饭后，福格叫了一辆两门马车，准备装上行李到火车站。上车时福格问菲克斯：

“您没有再见到普洛克托上校吧？”

“没有。”菲克斯说。

“我会再回美国找他的，”福格冷冷地说，“一名英国公民受到这样的礼遇太不像话了。”

侦探笑了笑，什么也没说。但是，看得出来，福格是那种可以为了荣誉而战的英国人，他们在国内不会容忍无理挑衅，在国外也一样不会容忍。

六点差一刻，他们到了火车站，火车马上就要开了。

就在福格要上车的时候，他看到一个工作人员，于是他走了过去。

“朋友，”他说，“旧金山今天有什么冲突事件吗？”

“只是一个集会，先生。”这个人回答。

“可是,我觉得街上闹得很厉害。”

“只不过是有一个选举。”

“大概要选一名总司令吧?”福格问。

“不是,先生,要选一名治安法官。”

听完这句话,福格登上了他的车厢,火车全速向前驶去。

第二十六章

乘坐太平洋铁路公司的高速列车

“从大洋到大洋。”美国人这么说——这句话是他们对这条从太平洋出发横贯美国东西的铁路大动脉的总称。但是，实际上，“太平洋铁路”由两段不同的铁路组成：从旧金山到奥格登这一段叫作“太平洋中央铁路”，从奥格登到奥马哈这一段则被称为“太平洋联合铁路”。奥马哈有五条不同的铁路线连接纽约，车次很多。

目前，纽约和旧金山由一条三千七百八十六英里多长的完整铁路线连接贯穿。从奥马哈到太平洋海岸这一段，铁路要穿过一片印第安人和野兽经常出没的地区，大约在 1845 年的时候，摩门①教徒被赶出伊利诺伊州后就开始在这里建立殖民地。

过去，如果一切顺利的话，从纽约到旧金山要花六个月。现在只需要七天。

1862 年，尽管有南方议员反对在北纬 41 度和 42 度之间修铁路，他们要求在靠南的地方修一条铁路，但结果还是这样做了。让人怀念的林肯总统

① 1830 年约瑟夫·史密斯在美国创建的基督教的一个教派。

当时亲自选定了内布拉斯加州的奥马哈作为这个新铁路网的起点。很快，这项铁路工程在美国人那种高效的实干精神带动下开展并进行起来，既没有文牍主义，也没有官僚主义。工人的进度非常快，却没有丝毫影响到铁路的质量。在草原路段，施工的速度竟达到每天一点五英里。机车就在头一天刚铺好的铁轨上运来了第二天需要铺设的铁轨，就这样一段一段陆续向前推进。

在太平洋铁路沿线还铺设有很多支线，通向艾奥瓦州、卡纳什州、科罗拉多州和俄勒冈州。铁路线在离开奥马哈之后，沿普拉特河左岸向前，直到它北部支流的入海口，然后向南，穿过拉勒米地区和瓦萨奇山区，绕着大盐湖一直到摩门州的首府盐湖城，接着又深入图伊拉山谷，沿着美洲大沙漠来到锡达山和洪堡山、洪堡河，以及塞拉内华达河，随后向南经由萨克拉门托来到太平洋海岸，全程平均每英里的弯曲度不超过一百二十英尺，即便是在落基山区也是如此。

这就是这条七天时间横穿美国的铁路大动脉的路线，它可以让尊敬的福格——至少福格希望如此——在 11 日到达纽约，搭船去利物浦。

福格坐的车厢是一种加长车厢，底盘是由两个四轮车架连接成的，这样的装置可以减小转弯时的弧度。车厢里没有分割开的小房间，从正中间划分为两个区域，两边各放了一排座椅，中间留出一个过道，通向卫生间和其他车厢。每节车厢都设有卫生间。整列火车的各车厢之间都有通道连接，旅客可以从前面的车厢走到最后的车厢。车上有餐厅、露天平台、餐车和咖啡间，就只差没有剧院了。不过总有一天会有的。

在各节车厢间的过道上来回穿梭着卖书卖报的人，还有卖酒的、卖食品的、卖香烟的，他们的生意都还不错。

乘客们晚上六点从奥克兰出发，现在已是深夜。这是一个寒冷漆黑的夜晚，天空乌云密布，可能要下雪。火车开得并不快。如果算上停车的时间，它的时速不会超过每小时二十英里，不过，这个速度足以保证它在预定时间穿过美国按时到达目的地。

车厢里几乎没有人讲话。而且，乘客们已经睡眼蒙眬。万事通坐在侦探旁边，但是他一直没有和菲克斯说话。自从最近这几次事情之后，他们的关系变得十分冷淡。他们之间已经没有热情和友谊了。其实菲克斯的态度一点都没有变，只是万事通的态度来了个 180 度大转弯，他现在时刻警惕菲克斯，只要这个老友一有可疑举动，他就会立刻掐死他。

火车开出一小时之后，天空中飘起了雪花——细细的雪花应该不会延误火车的行程。从车窗向外看，大地被盖上了一张巨大的白色地毯，火车在这张毯子上飞驰，吐出一串串惨白的螺旋形巨雾。

八点钟，一名服务员走进车厢告诉乘客睡觉的时间到了。这节车厢是卧铺车厢，几分钟后，车厢就变成了供人睡觉的寝室。大家把长椅的靠背放下来，这些椅子立刻神奇地变成了舒适的床铺，不一会车厢就分为了几个小房间，很快每位乘客都有了自己舒适的床位，厚厚的布帘把每个人的隐私都遮得严严实实，想随意偷看都没有可能。床上铺着洁白的床单、备有柔软的枕头，只等你上床睡觉了——每一名乘客都好像在轮船的舱室里一样舒服——此时火车正风驰电掣地穿行在加利福尼亚州。

火车行进在旧金山和萨克拉门托之间的地区，这里的地势并不十分险峻。这一段铁路属于“太平洋中央铁路”。火车从萨克拉门托开出后，向东行驶，然后和从奥马哈开出的火车会合。从旧金山到加利福尼亚州的首府，铁路线直接向东北延伸，沿着注入圣巴布洛湾的美洲河前行，连接着两座重要城市的铁路线全长是一百二十英里，火车六个小时就可跑完全程。将近午夜时分，当乘客正沉浸在梦乡的时候，火车已经驶过了萨克拉门托，不过他们都没有欣赏到这座重要的城市。这里是加利福尼亚州立法会所在地，乘客们既没有看到这里美丽的码头，也没有看到这里宽阔的大街、豪华的酒店、漂亮的街心公园和教堂。

离开萨克拉门托后，火车又经过了章克申、洛克林、奥本、科尔法克斯，随后驶入了塞拉内华达高原。到西斯克的时候已是早上七点钟了。一个小时后，这节卧铺车厢又恢复成了普通的车厢，乘客们可以透过火车的车窗欣赏外面优美的山区风光。这一段的铁路线依着塞拉山区的地形而铺设，火车一会儿行驶在半山腰，一会儿又悬挂在高坡上，有时为了避免危险的急转弯，火车不得不深入狭窄的山谷中，真有种山穷水尽疑无路的感觉。黑暗中火车头像一具闪光的棺材，车头上的庞大聚光灯投射出刺眼的强光，车头还竖着一个镀银的警钟和一个像马刺一样的“驱牛器”，在汽笛和警钟震耳欲聋的轰鸣声还有瀑布巨流震天动地的涛声中，火车喷出的团团巨雾扭曲着盘旋在漆黑的松林上空。

这段路上几乎没有什么隧道、桥梁。铁路盘山而建，而不是走两点之间最短的直线路程，并没有破坏自然环境。

将近九点的时候，火车从卡伦山谷进入内华达州，始终朝东北方向前行。中午十二点，乘客在里诺停留了二十分钟，大家吃了午饭后，火车便离开了里诺。

在此之后，铁路线就开始沿着洪堡河北上，这段路程有好几英里。然后火车调转向东，在到达洪堡山之前始终沿着河道行驶。洪堡山就是洪堡河的发源地，这里几乎是内华达州的最东部了。

吃过午饭后，福格、阿妩达夫人和其他乘客重新上到车厢回到自己的座位上。福格、阿妩达夫人、菲克斯和万事通舒舒服服地坐好后，开始欣赏眼前不断变化的自然风光——广阔的草原、绵延到天边的山脉和滚滚流动的小河。有时可以看到一大群野牛聚集在远处，像是一座移动的堤坝。这些无数的野牛总是给火车的通行造成很大障碍。有时会看到成千上万头野牛一头接一头缓缓地穿过铁路，一过就是好几个小时。火车只得停下来等它们过完再走。

今天恰巧就碰到了这样的事。将近下午三点钟的时候，一支一万或是一万两千头野牛组成的队伍横在了铁路上。火车放慢了速度，想用驱牛器从侧面插入来驱赶这只庞大的队伍，但是最终还是无法攻入，不得不停车让路。

大家只好眼睁睁地看着这些反刍动物——美国人错误地把它们叫作水牛——不慌不忙地挪动着身躯，还不时惬意地吼上两声。它们的个头比欧洲的公牛要大，腿和尾巴都很短，肩部鼓起形成一个肉峰，头上的双角向两边分开，头部、脖子和肩部都长满了长长的鬃毛。无法去想象如何阻止这支队伍前行。一旦野牛队确定要朝哪个方向走，什么都不能阻挡它们前进或者让它们减速。它们简直是一股活的洪流，任何堤坝都无法阻挡。

乘客们都挤到车厢之间的过道上观看这幅奇特的景观。福格大概是所有人当中最着急的了，可是他就待在自己的位置上，保持着一种哲学家的冷静,安心等待着这些野牛发善心给他们让路。万事通对这次动物迁徙造成的火车延误很是恼火。他真想把他那几支左轮手枪装上子弹冲着牛群狠狠扫射一通。

“什么鬼地方,”他嚷嚷着,“区区几头牛就能拦住火车,而且还排成长队不慌不忙地在铁路上穿行,一点儿也不管会给交通造成多大麻烦!见鬼!我真想知道福格先生是不是在他的旅行计划里已经预计到了这次意外!还有这个火车司机居然不敢开着火车把这些讨厌的畜生撞开!”

火车司机的确没有想过要撞翻这些牛,他这样谨慎是对的。如果硬来的话,火车上的驱牛器可能会撞伤前头的几头牛;但是,不管火车有多么坚固有力,它也会被迫停下来,还可能造成火车出轨,那火车就要真的抛锚了。

最好还是安心等待,然后在以后的路上加速把时间赶回来。这支野牛队足足过了三个小时,火车道直到天黑才被腾了出来。当最后一批野牛穿过铁路时,最前面的那批已经消失在南边的地平线上了。

火车穿过洪堡山脉时已经是八点钟了。九点半的时候,火车进入了犹他州,来到了这个大盐湖地区,这里也是摩门教徒的神秘地区。

第二十七章

万事通在时速二十英里的火车上听了一堂摩门教历史课

12 月 5 日和 6 日夜里，火车朝东南方向开了大约五十英里后，又转向东北，朝大盐湖驶去。

在早上快九点的时候，万事通到过道上去透气。天气很冷，天阴沉沉的，但是雪已经停了。太阳的轮廓在雾气里显得特别大，就像一块巨大的金币。万事通正在计算这块金币值多少先令，就在他专心于这项有益的工作的时候，一个模样十分奇怪的人突然出现在他的视线里，分散了他的注意力。

这个人是在埃尔科上的车，他个子很高、褐色皮肤、黑色胡须，脚穿黑袜、头戴黑色绸帽，黑衣、黑裤、白领带，还戴了一双狗皮手套。好像是个神甫。他从火车的一头走到另一头，在每节车厢的车门上都用糨糊贴了一张手写的通告。

万事通走上前去看到通告上写着：尊敬的摩门教传教士威廉姆·伊持长老准备借乘坐 48 次列车之机，于中午十一点到十二点在 117 号车厢举行一场摩门教教义宣讲会，敬请对宗教秘密感兴趣的绅士前来听讲，内容为“最后的圣教徒”。

"我当然要去。"万事通自言自语,他除了知道摩门教那个一夫多妻的制度以外,对他们的教义一无所知。

这个消息很快传遍了整辆火车,全车一百多位乘客都知道了此事。不过顶多有三十多人对这个宣讲会感兴趣。十一点到了,117 号车厢的长椅上坐了一些听众,万事通坐在了第一排。他的主人福格和菲克斯都认为没必要去凑这个热闹。

威廉姆·伊持长老准时开始了他的演讲。他站起身,声音十分激动,好像有人反驳了他似的,他叫着说:

"我告诉你们,我要说,若埃·史密斯是一位殉教者,他的哥哥伊瑞姆也是一位殉教者。美利坚合众国对于这些教徒进行了迫害,难道他们还要对殉教者布里汉姆·扬进行迫害吗!谁敢支持他们?"

没有人冒失地来顶撞这个神甫,他那天生沉静的外表和此时激动的语气形成了强烈的对比。不过,可能是因为最近摩门教遭到了严重迫害,所以他才会这么愤怒。实际上,美国政府为了镇压这些教徒着实费了不少力气。政府先以暴乱和重婚罪对布里汉姆·扬提起公诉,等把布里汉姆·扬关进监狱后,政府就控制了犹他州,并把这个州归为合众国管辖范围。从此,摩门教徒不断用集会和宣讲的形式来扩大自己的影响。

看得出来,威廉姆·伊持长老一直在布道,他把坐火车的机会都利用上了。

他讲起了自圣经记事以来摩门教的历史,他的讲述充满了激情,声音极具爆发力,还不时加上有力的手势。他讲了在以色列约瑟夫部落里,有一个摩门教先知如何把新教年史公布于众,又如何把它传给他的儿子摩门;好几个世纪之后，这本珍贵的用希腊文写成的年史又如何被小约瑟夫·史密斯翻译成英文，而这个小约瑟夫·史密斯是佛蒙特州的一个农民，直到1825年人们才知道原来他是个先知；最后，小约瑟夫·史密斯如何在一片光芒夺目的森林里见到了上天的使者，使者又如何把真的教史交给了他。

讲到这里，几个对神甫追述历史不感兴趣的听众站起来离开了车厢；但是威廉姆·伊持长老仍然接着讲。他又讲了小史密斯如何和他的父亲、两个兄弟以及几个教徒一起创立了摩门圣教，这个教不仅在美国受人信奉，而且在英国、在斯堪的纳维亚、在德国都有教徒。在虔诚的教徒中，有手工艺人，也有自由职业者；神甫还讲了摩门教如何在俄亥俄州建立了圣地；如何花二十万美元建造了一座教堂，并建立了科克兰市；史密斯后来又如何变成了一位出色的银行家，他又如何从一个普通的制作木乃伊的人手里得到了有亚伯拉罕和其他希腊名人手稿的文本。

这一段故事有些长，听众也越来越少，只剩下不到二十几个人。

长老依然继续他的讲话，对听众的离席视而不见，他讲得更详细了。他讲到若埃·史密斯如何在1837年破产；他的股东们如何把他身上涂满沥青让他在羽毛上打滚；几年后，在独立日那天，人们在密苏里州再见到他时，他又是如何的受人尊敬、受人爱戴，此时他已经是一个朝气蓬勃的团体的领袖，拥有三千多信徒。之后，他又受到异教徒的嫉恨而不得不逃往遥远的美国西部。

这时只剩下十名听众还在听神甫的演讲，其中就有忠实的万事通，他听得全神贯注。万事通继续往下听，他得知这个小史密斯在经受了长期迫害后，重新回到了伊利诺伊，并于1839年在密西西比河畔建立了诺伍-拉贝勒新城，那里的居民有二万五千人；后来他又怎样当上了市长、最高法官和总将军；又怎样在1843年申请参加美国总统竞选，最终在迦太基被人陷害，后来被一群蒙面人关进监狱和杀害。

这时，万事通是这个车厢里唯一的听众了。神父面对面地看着万事通，用自己的语言吸引他，他告诉万事通，在小史密斯死后第三年，他的继承人先知布里汉姆·扬离开了诺伍，来到了大盐湖沿岸。这是一片美好的土地，土壤肥沃，是移民们穿过犹他州去往加利福尼亚州的必经之路。布里汉姆·扬就在这里建立了新的传教基地。由于摩门教一夫多妻的制度，这片基地很快发展壮大起来。

“所以，”威廉姆·伊持长老又说，“这就是为什么议会会嫉妒我们！为什么合众国的士兵冲进犹他州！为什么我们的领袖布里汉姆·扬被关进监狱受到不公平的待遇！难道我们会向暴力屈服吗？绝不！就算他们能把我们赶出佛蒙特，赶出伊利诺伊，赶出俄亥俄，赶出密苏里，赶出犹他，我们还是会再找到一块独立的地方安营扎寨。您呢，我忠实的朋友，”长老双眼虎视眈眈地紧紧盯着他唯一的听众问，“您愿意把您的帐篷安在我们的旗帜下吗？”

“不。”万事通干脆地回答，说完他也逃离了这里，留下那位激情澎湃的传教士一个人对着空无一人的车厢传教。

在这位神甫布道的时候，火车仍然在高速行驶，快中午十二点半的时候，火车来到了大盐湖的西北角。这里视野开阔，可以看到这个内陆海的全貌，这个湖也叫“死海”，美国的茹尔丹河就注入这里。这个湖很大，湖里布满天然的岩石，岩石宽大的底部都覆盖了一层厚厚的白色盐层，整片湖水就像一张巨大的毯子张开在你的面前。以前这个湖的面积还要大，随着时间的流逝，它的底部缓缓向上抬升，面积也逐渐减小，但是湖却越来越深。

大盐湖长约七十英里，宽三十五英里，海拔高度为三千八百英尺。它和那个位于约旦和巴勒斯坦交界处的死海完全不同。那个死海低于海平面一千二百英尺。大盐湖湖水的固体溶解度为湖水总重的四分之一，含盐量很高。水和盐的总重为1170，其中水重为1000。所以在这样的水中鱼无法生存。顺着茹尔丹河、韦伯河和其他河流流入大盐湖中的鱼类很快就会死去。但是，要说湖水的密度大得连人都沉不下去却不是真的。

湖四周是精耕细作的良田，因为摩门教的人都精于农耕。如果六个月后再来到这里，一定会看到摩门人搭建的很多用来养家畜的棚户和圈舍，还有麦田、玉米地、高粱地，以及水草茂盛的牧场，到处都将是野玫瑰形成的篱笆、一株株金合欢和大戟树。但是现在，地面上覆盖了一层薄薄的白雪，什么也没有。

两点钟，乘客们在奥格登车站下车。火车要在六点钟才会开，福格、阿妩达夫人和他们的同伴们还有空余的时间，他们可以顺着奥格登车站里的一条小铁路线走到这座圣城去看看。游览这座美国城市两个小时就绰绰有余。它和其他美国城市就像是一个模子里刻出来的一样，整座城市方方正正，像个大棋盘，冰冷的街道又长又直，用雨果的话说就是：带有一种"直角式的悲怆的忧伤"。这座圣城的设计师看来还是难以摆脱盎格鲁-萨克森人建筑的影响，在设计上仍然讲究对称。但是在这个特别的地方，居民显然并没有达到类似的文明高度，一切都是"四四方方"，整个城市都是这样的感觉，房子和其他乱七八糟的东西都是这种呆板的形状。

三点钟，福格他们在城里的街上散步。这座城市建在茹尔丹河和山峦起伏的瓦萨奇山脉之间。这里没什么教堂，纪念性的建筑也很少，有一座先知寺、法院和兵工厂；还有一些淡青色的带前廊和回廊的砖房，房子四周是花园，种着金合欢、棕榈树和角豆树。城市四周还围有一段建于1853年的黏土和碎石筑成的旧城墙。他们又来到城里的主干道上，这里有几个门前插着旗子的酒店，其中有一家盐湖酒店。

福格他们发现这座城市的人口并不是很多。大街上几乎没有人——除了摩门教教堂区。他们穿过了好几个用栅栏围起来的街区后，才来到这里。这里有很多女人，这和摩门教的特殊教规有关。但是并不能因此就可以说所有摩门教的男人都是一夫多妻。人们有自己的自由，不过，要说明一点，犹他州的女人都很愿意嫁人，因为根据他们的宗教，摩门教的神灵不会保佑单身女人。这些女人看上去既不自在也不幸福。他们中有几个可能比较富裕，穿着黑色丝绸紧身上衣，戴着很朴素的风帽或头巾。其他人都穿着印第安人的服装。

万事通坚决奉行单身主义，他看到几个摩门女人要共同承担为同一个男人带来幸福的职责，感到有点可怕。按照他的逻辑，这个丈夫肯定会叫苦连天。他觉得同时带这么多老婆过日子十分可怕，而且还要和她们一起进摩门教的天堂，在天堂里和她们永远一起生活下去，而光荣的史密斯先知也会和他们大家一起，因为史密斯是这个极乐世界的领袖。显然，万事通一点也不打算接受这个先知的感召，而且他觉得，可能是他多心吧，这些大盐湖城的女人看他时的目光都有些心神不安。

幸好，他们在这个圣城不会待很长时间。还有几分钟不到四点，他们就回到了火车站，重新坐上了车。

火车出发的汽笛响了；可是就在车轮刚开始在铁轨上滚动、火车刚要加速前进时，忽然听到有人在叫："等一下！等一下！"

火车一开肯定就无法停下。那个叫喊的人一定是个误了车的摩门教徒。他跑得上气不接下气。幸运的是，火车既没有门也没有栏杆，那个人冲向铁轨，猛地跳到最后一节车厢的踏板上，接着就连滚带爬地跌倒在车厢的长椅上了。

万事通兴致勃勃地看着这个体操表演，当他得知这个犹他市民是因为家庭纠纷乘火车避难时，他走过来盯着这个人，显示出浓厚的兴趣。

等到这个摩门教徒喘过气来时，万事通突然很有礼貌地问他有几个老婆。看他刚才狼狈逃命的样子，万事通猜想他一定至少有二十几个老婆。

"一个，先生！"这个人抬起两只手说，"一个，这就够受的了！"

第二十八章

万事通无法让人明白他的道理

离开大盐湖和奥格登后，火车向北走了一个小时，来到了韦伯河畔，这里离旧金山已经有九百英里了。之后，火车转向东，穿行在险峻的瓦萨奇山脉之中。就是在这个地区，在瓦萨奇山脉和落基山脉之间的这段路上，美国工程师们在设计铁路时遇到了最棘手的问题。而美国政府在这段路上的投入为每英里四万八千美元，要知道平原地段铁路线的投入仅为每英里一万六千美元；不过，我们已经说过，这些工程师并没有强行改变地形，而是很巧妙地绕了个大圈，从这里到前面大盆地的整段路程只有一条一万四千英尺长的隧道。

大盐湖是整个铁路线海拔最高的地方。过去之后，铁路线就开始变成弯弯长长的曲线，向比特克里克山谷走下去，然后又向上到达美国中部。这个地区河道众多，需要过桥通过马迪河、格林河和其他几条河。万事通在越接近终点的时候就越不耐烦，而菲克斯却恨不得早点走出这个麻烦的局面，他害怕有一点点的耽搁，他担心路上遇到不测，他比福格还要着急赶快回到英国！

晚上十点，火车在福尔吉尔堡稍停了一会儿，就顺着比特克里克山谷直接来到了二十英里以外的怀俄明州——过去叫达科他州。科罗拉多的电力系统就是靠比特克里克山谷中流出的一条河建立的。

第二天是12月7日,火车在格林河车站停了一刻钟。前一天晚上这里下了一场大雪,但是因为夹杂了雨水,现在雪已经融化了一半,所以对火车不会造成什么影响。可是,这种坏天气还是让万事通感到担心,因为积雪裹在车轮上总会对旅行有影响。

“真是的,什么主意呀,”万事通自言自语,“我的主人怎么会想到要在冬天旅行呢!他就不能等到好季节再出发吗,那也可以增加胜算的几率嘛!”

然而,这个时候,就在这个忠诚的小伙子在为天气和低温操心的时候,阿妩达夫人却比他更担心,她在担心另外一件事情。

原来,他们车厢有几位乘客下了车,他们在格林河车站的站台上边散步边等火车开动。透过车窗,阿妩达夫人看到斯汤普·普洛克托上校也在这些人中间,就是那个在旧金山曾经严重侮辱过福格先生的美国人。阿妩达夫人不想被他看到,于是她向后缩了缩。

这件事让这位夫人十分着急,她不由得往福格身边靠了靠。这位冷冰冰的绅士每天都对她表示出最无微不至的关心。她大概不知道她的这位救命恩人对她有多么深厚的感情,她以为这只是关心,其实,她却不知除此之外还有别的。当她发现这个福格早晚要与之算账的粗暴上校的时候,她的心一下子缩紧了。毫无疑问,这个普洛克托上校上了这列火车只是个巧合,但是,不管怎样,他已经上了这列火车,必须想尽一切办法防止福格先生看到他的对头。

火车重新开动之后，阿妩达夫人趁福格打瞌睡的时候，把这件事情告诉了菲克斯和万事通。

“那个上校在火车上！”菲克斯大叫，“好啊，您放心，夫人，在福格先生找他算账之前，我一定会先找他算账！在这件事情上，我认为受到最大侮辱的就是我！”

“还有，”万事通插话说，“我也会对付他，别看他是个上校。”

“菲克斯先生，”阿妩达夫人又说，“福格先生不会让任何人替他报仇的。他会说到做到，他说过会再来美国找这个人算账。如果他发现这个上校，而我们不能阻止他们碰面的话，后果将不堪设想。我们要设法让他看不到上校。”

“您说的对，夫人，”菲克斯回答，“他们一碰面就全糟了。无论是输是赢，福格肯定会耽误他的旅行，那么……”

“那么，”万事通接着他说，“就便宜了改良俱乐部那帮家伙了。四天后我们就会回到纽约！好了，如果我的主人在这四天内都不离开这个车厢的话，我们就可以相信他和那个该死的美国人面对面的偶然就不会发生，上帝保佑！我们完全可以阻止这件事……”

福格先生醒了，谈话就此中断。福格透过结冰的玻璃窗欣赏外面的田园风光。过了一会儿，万事通忽然用他主人和阿妩达夫人都听不到的声音对菲克斯说：“您真的愿意替我的主人教训那个人吗？”

“为了让福格活着回到欧洲，我什么都肯干！”菲克斯简单地回答，他的语气里有一种不容置疑的决心。

万事通听了这句话身上不禁打了个冷战，但是他对福格先生的信心一点也没有减弱。

现在,有什么办法可以阻止福格和那个上校见面呢? 这应该不会很难,因为这个绅士不爱和人交谈也不喜欢凑热闹。最后,菲克斯自以为找到了一个好办法。他想了一会儿以后,对福格说:

"先生,火车上的时间真是又漫长又难熬呀。"

"的确,"福格说,"但是时间在过去。"

"在船上的时候,您不是有打惠斯特的习惯吗?"菲克斯又说。

"是的,"福格说,"但是这里就很难。我既没有牌也没有牌友。"

"噢! 牌嘛,我们可以买。美国的火车里什么都可以买到。至于牌友嘛,这位夫人……"

"不错,"阿妩达夫人连忙接着说,"我会打惠斯特,我在英国学校学过的。"

"我呢,"菲克斯说,"我很想玩一玩。那么,我们三个来玩,剩下一边就空着……"

"既然您想玩,那么就来吧,先生。"福格说,他很高兴又可以打自己喜欢的牌了,即便在火车上。

万事通急忙去找乘务员,他很快就回来了,还带着两副牌、一些筹码和一张铺有桌布的桌子。一切都齐全了。大家开始打牌。阿妩达夫人很会打惠斯特,一向严肃的福格居然也称赞了她几句。那位侦探嘛,简直是一等高手,和福格堪称是旗鼓相当。

万事通自言自语道:"现在我们完全把他拖住了。他不会离开了!"

上午十一点时,火车到了太平洋和大西洋之间距离的中点,就是海拔七千五百二十四英尺的布里杰，这里是落基山区海拔最高的地方之一。再向前走大约二百英里，火车才会到大西洋海岸的辽阔平原地带，这种平原地形对铁路线的铺设十分有利。

在大西洋盆地的山坡地带，流淌着北普拉特河的最初的几条支流。整个北方和东方的地平线都被绵延的落基山脉北麓围成的半圆形山幕所遮盖，其中最高峰是拉勒米峰。在半圆形的山峦和铁路线之间伸展着一大片河道众多的平原。在铁路线的北面是层叠起伏的山峦，这些山一直延伸到南面，密苏里河的主要源头阿肯色河就发源于此。

中午十二点半，乘客们隐约看到了哈利克要塞，它是这个地区的首府。再过了几个小时之后，火车将开出落基山区。可以预料这段不太好走的路程上不会再有什么意外事故了。雪已经停了。天气又冷又干燥。几只受到火车惊吓的大鸟惊慌失措地飞向远处。平原上看不到一只野兽，既没有熊也没有狼，只有荒凉无边的土地。

福格和他的同伴们在他们的车厢里舒适地用了午餐，饭后，大家接着打惠斯特。突然听到几声哨子响，火车停了下来。

万事通把头伸到车门外四处张望，他并没有看到有什么东西挡住了火车，这里也不是个车站。

阿妩达夫人和菲克斯有些担心福格会下车查看，可是这个绅士只是对他的仆人说了一句：

“去看看怎么回事。”

万事通跳出了车厢。只见有四十几个乘客已经跳下了火车，那个斯汤普·普洛克托上校也在其中。

火车停在了一个禁止通行的红灯前面。机械师和司机都下了车,他们在和一个看道工激烈地争论着什么,这个看道工是前面的梅迪辛博站站长特地派来等这班火车的。乘客们都围了过来加入到他们的争论中,那个斯汤普·普洛克托上校扯着大嗓门,指手画脚,十分蛮横。

万事通走过来后听到那个看道工在说:“不行!不能过去!梅迪辛博大桥已经摇摇欲坠了,它绝对承受不了火车的重量。”

他说的这座桥是一座悬在激流上的吊桥,离这里有一英里远。据这个看道工说,这座桥已经快要塌了,桥上的好几根绳索都断了,不能冒险过去。这个看道工十分肯定地说不能通过,他并没有夸大其词。而且,美国人一向是对什么都满不在乎,如果连他们都在乎了,那就肯定是真的很严重,只有疯子才会冒险。

万事通不敢去告诉他的主人,他咬着牙一动不动地站在那里听着,像一尊雕塑。

“啊,什么!”斯汤普·普洛克托上校大叫,“我们不走了,我说,难道要我们在雪地里扎根呀!”

“上校,”火车司机说,“我们已经给奥马哈车站发电报让他们派一列火车来,但是六点钟之前他们能不能到梅迪辛博就不一定了。”

“六点!”万事通大叫。

“差不多,”司机说,“再说,我们步行走到梅迪辛博车站也需要这么长时间。”

“步行!”乘客们都叫了起来。

“那个站到底有多远?”一个乘客问司机。

“十二英里,我们要绕到河对岸走。”

“在大雪里走十二英里!”斯汤普·普洛克托上校吼了起来。

上校开始破口大骂,他骂铁路公司,责备司机不对。万事通也是怒气冲天,差一点也跟着他一起骂。看来这一次,他主人就是拿出所有的钞票也无济于事了。

另外,所有的乘客都很不满意,除了要耽误时间,还要在覆盖着大雪的平原上步行十多英里,真是倒霉透了。于是喧哗声、喊叫声、叫骂声响成了一片。如果福格不是在聚精会神地打惠斯特的话,他肯定会听到。

可是万事通觉得还是有必要让他的主人知道这件事。他耷拉着脑袋正要往车厢走的时候,突然听到这个火车的机械师福斯特——一个真正的美国佬,高声地说:“先生们,可能还有别的办法过去。”

“从桥上走吗?”一个乘客问。

“从桥上走。”

“开着火车过去?”上校问。

“开着火车过去。”

万事通停了下来,他听到了机械师的话。

“可是那座桥快塌了!”火车司机说。

“管它呢,”福斯特说,“我想如果火车以最大速度向前冲,或许我们有运气过桥。”

“见鬼了!”万事通嘟囔着。

但是,有相当一部分乘客被这个建议打动了,尤其是斯汤普·普洛克托上校。这个头脑发热的家伙觉得这个办法十分可行。他甚至对大家说有些工程师曾经设想让高速直线行驶的火车从没有桥的河上飞过去，他还讲了其他一些不可思议的事情。最后，所有的人居然都同意了那个机械师的建议。

“我们有50%的运气可以过去。”其中一个人说。

“60%。”另一个说。

“80%……90%！”

万事通简直吓傻了，尽管他是准备想办法过梅迪辛博桥，可是这个办法未免有点太“美国式”了。

“再说，”他想，“有一件更简单的事情要做，这些人居然都没有想到！……”

他对其中的一名乘客说：“先生，我觉得机械师提的这个建议有点冒险，可是……”

“有80%的把握！”那个乘客说，说完转身就走了。

“我当然知道，”万事通回答，他又走到另一个绅士面前，“可是稍微想一想……”

“没什么好想的，想是没有用的！”这个听他说话的美国人耸了耸肩膀，“机械师已经说了我们可以过去！”

“可能吧，”万事通又说，“能过去，但是是不是应该更谨慎一些……”

“什么！谨慎！”斯汤普·普洛克托上校偶然听到了万事通的这句话，他立刻跳了起来，他叫道，“我们说了，以最大的速度！你明白吗？最大的速度！”

“我知道……我明白……”万事通反复地说，但是没有一个人让他把话说完。然而这个小伙子还在继续地讲下去，"可是还是应该谨慎一些，可能你们听不惯这个词，至少要更合理一些……"

"这个人是谁呀？他要干什么？怎么了？他说什么更合理一些？"人们七嘴八舌地议论着。

这个可怜的小伙子不知道应该跟谁说。

"你是不是害怕了？"斯汤普·普洛克托上校问他。

"我，害怕？"万事通嚷嚷着，"好吧，就这么办吧！我要给你们这帮人看看法国人也和你们美国人一样做得到！"

"上车！上车！"司机叫道。

"好的！上车，"万事通喃喃自语，"上车！马上！可是你们不能不让我有自己的想法，应该先让乘客们走过桥，然后火车再开过去！……"

没有人听他的这个稳妥的办法，没有人想弄明白到底谁更有道理。

乘客们都回到了自己的车厢里去。万事通重新回到自己的座位上，他对刚才发生的事什么都没说。福格他们三个仍然在全神贯注地打惠斯特。

火车发出了一声狂吼。机械师打开了蒸汽阀门，火车向后退了差不多一英里，就好像一个跳远运动员先向后退再准备向前猛冲。

接着，火车发出了第二声怒吼，开始向前飞驰：它不停地加速，不一会儿车速就快得吓人了，只听到火车轰轰隆隆前行的声音，此时蒸汽活塞的运动频率已达到每秒钟二十次，轮轴已经在机油盒里冒烟了。大家感到简直是坐在一辆时速一百英里的火车里，火车的重量仿佛变轻了，高速抵消了重量。

过去了！只见火车像闪电一般飞了过去。桥已经不见了。应该说，火车完全是从这岸飞到了那岸,司机直到开过车站五英里之外才把列车停了下来。

就在火车驶到河对岸的那一刹那,那座桥完全塌了下去,只听到一阵噼里啪啦的爆破声,整个桥就跌入梅迪辛博河的激流之中了。

第二十九章

只有在联合铁路上才会碰到的怪事

当天晚上，火车十分顺利地向前行驶，过了索德尔斯堡后，又过了夏延，来到了埃文斯。这个地方是这段铁路海拔最高的地方，有八千九百一十一英尺高。过了这一站以后，火车就在一望无际的大平原上行驶了，乘客们就可以一直坐到大西洋海岸才下车。

在这个平原上的大动脉铁路线上，有一条铁路支线通往科罗拉多州主要城市丹佛。那里盛产金矿和银矿，有五万多常住居民。

从旧金山出发到现在为止，火车在三天三夜的时间里已经走了一千三百八十二英里。而按照预算，到达纽约顶多需要四天四夜。福格现在完全在按照他预计的时刻表旅行。

这一天夜里，火车从瓦尔巴营右侧驶过。与铁道线平行的洛奇波尔河，沿着怀俄明州和科罗拉多州笔直的交界线向前流淌。晚上十一点，火车进入了内布拉斯加州，从赛奇威克旁经过，然后来到了普拉特河南部支流上的朱尔斯堡。

1867 年 10 月 23 日，太平洋联合铁路就是在这里举行了通车典礼，总工程师是 J. M. 道奇将军。也是在这里，两个马力强劲的火车头拖着一辆九节车厢的火车,载着众多被邀请的客人来到这里出席庆典,其中就有副总统托马斯·C.杜朗先生。当时万人欢呼的场面十分壮观,苏人[①]和包尼斯人还进行了一场印第安人的作战演习,现场还有焰火表演。最后,有人用便携式印刷机出了第一份《铁路先锋报》的创刊号。这就是当时这条主要铁路线的通车仪式的盛况。这条铁路是进步和文明的象征,它穿过荒漠,把一些当时还不是城市的地方连接起来。火车的汽笛声比昂斐永[②]的竖琴还要神奇,它使这些城市从美国的土地上迅速冒了出来。

早上八点,麦克弗森堡已经被抛到了脑后。这里离奥马哈桥还有三百五十七英里。铁路线沿着普拉特河左岸蜿蜒曲折的南支流向前继续延伸。九点钟,火车来到了普拉特河两条支流间的重要城市北普拉特市,这两条支流在城市周围汇合成一股巨流,然后和奥马哈上游的密苏里河融汇在了一起。

已经来到110度经线了。

福格一行人又开始打牌。没有一个人抱怨路途遥远,当然那个空位子也不会抱怨。菲克斯刚开始赢了几个畿尼,可是现在却正在输钱,但他的兴致丝毫不比福格低。整个上午,福格的手气都很好,大王和大分值的牌纷纷往他手里跑。这时,福格把牌整理好之后,决定大胆出手,他要打黑桃。正在这时,却听到他椅子后面有人说话:“要是我,就打方块……”

福格、阿妩达夫人和菲克斯都抬起了头,他们看到斯汤普·普洛克托上

---

① 北美印第安人的一个部落。

② 宙斯和昂迪奥普的儿子,是诗人和音乐家,传说他弹琴的时候,石头自己跳起来形成了底比斯城墙。

校站在他们旁边。

福格和斯汤普·普洛克托上校都立刻认出了对方。

“啊！是您哪,英国的先生,”斯汤普·普洛克托上校大声地说,“原来是您要打黑桃呀!”

“到底是谁在打牌。”福格出了一张黑桃十,冷冷地对上校说。

“是的,是你打,但是我会出方块。”斯汤普·普洛克托上校显得很生气。

他说着伸手就去拿福格出的那张牌,还说:“你根本就不会打牌。”

“可能我对另一件事更精通。”福格说着站了起来。

“那你真得演示一下,小约翰牛!”那个蛮横的家伙挑衅地说。

阿妩达夫人脸都吓白了,她全身的血液都涌到了胸口,紧张极了。她抓紧了福格的手臂,福格却轻轻地推开了她。那个美国人正用一种鄙视的眼光盯着福格。万事通正想朝这个美国人扑过去的时候,菲克斯站了起来,他来到上校面前说:“你忘了是我要和你算账了吗,先生,是我,我不仅受到了污辱,而且还挨了你一拳!”

“菲克斯先生,”福格说,“请原谅,不过这件事只和我一个人有关。这个上校觉得我不应该出黑桃,他对我又一次进行了污辱,我要和他好好算算这笔账。”

“随你便,你想在哪里了断,”美国人回答,“想用什么武器都可以!”

阿妩达夫人想拉住福格,但是没有用。侦探也想把这件事揽到自己身上,但是也没能奏效。万事通本来想把这个上校从车门扔出去,可是他的主人做了个手势制止了他。福格离开了他的车厢,美国人也跟着他来到了车厢间的过道上。

“先生,”福格对他的对手说,“我现在急于回欧洲,不管怎样耽搁都会对我造成极大的损失。”

“好哇！这和我有什么关系?”上校回答。

“先生,”福格还是很礼貌地说,“旧金山之后,我已经制订计划要回到美国找你,现在我有事要回欧洲,等我一办好事情就马上回来找你。”

“真的是这样吗?”

“你愿不愿意六个月之后再见面?”

“你为什么不说六年以后?”

“我说了,六个月之后,”福格说,“我肯定会准时赴约。”

“这都是借口,全是废话!”斯汤普·普洛克托上校嚷嚷着,“我们马上解决,要不就算了。”

“好,”福格说,“你要到纽约吗?”

“不。”

“到芝加哥?”

“不。”

“到奥马哈?”

“和你没关系！你知道普拉姆河吗?”

“不知道。”

“在下一站。火车一个小时后就到。在那里要停车十分钟。十分钟的时间,足够我们交换几颗子弹。”

“可以,”福格说,“我会在普拉姆河下车。”

“我认为你肯定会永远留在那里!”那个美国人十分放肆地说。

“谁知道呢,先生。”福格回了一句,随后他就回到了车厢里,一如既往的平静。

福格回去后就安慰阿妩达夫人说上校这种人只会吹牛,没什么可怕。然后他让菲克斯为他和那个美国人即将进行的决斗做证人,菲克斯实在无法拒绝。之后,福格十分冷静地接着打牌,仍然面不改色地出他的黑桃。

十一点钟,火车的汽笛声响起,表示马上就要到普拉姆河车站了。福格站了起来,菲克斯跟在他身后,他们来到了过道处。万事通也来了,他拿了两把手枪。阿妩达夫人留在车厢里,面如死灰。

这时,另一节车厢的门开了,斯汤普·普洛克托上校也来到了过道,他身后也跟着神态和他一样傲慢的美国人,是一个公证人。就在福格他们两个要下车的时候,列车员突然跑过来冲他们喊道:

“这里不能下车,先生们。”

“为什么?”上校问。

“列车晚点了二十分钟,所以这一站不停。”

“可是我要和这位先生决斗。”

“很遗憾,”列车员说,“但是我们马上就要出发了,听,已经敲钟了!”

钟响了,火车重新开了。

“我真的很抱歉,先生们,”列车员说,“如果在别的地方,我一定会帮忙。不过,虽然你们没时间在这里决斗,但是如果你们要在车上决斗的话,谁又会阻拦你们呢?”

“这恐怕对这位先生不合适!”斯汤普·普洛克托上校用挖苦的

语气说。

“这对我再合适不过了。”福格回答。

“好，真痛快，真不愧是在美国！”万事通想，“那个列车员真是世界上最棒的绅士！”

想到这儿，他跟着他的主人往回走。

这两个决斗者和他们的证人都跟在列车员的后面，他们穿过了一节节车厢，一直来到列车的最后部。最后一节车厢里只有十几个乘客。列车员问他们能不能暂时把地方让给两位绅士，让他们在这里为荣誉而战。

原来是这么回事！乘客们非常愿意帮这个忙，他们都退到了连接车厢的过道处。

这个车厢长五十多英尺，对他们两个真是太合适了。这两个人可以在座椅中间的空地上随意向对手发起进攻，想怎么打都可以。再没有比决斗更容易的解决办法了。福格和斯汤普·普洛克托上校每人都拿了两支装有六发子弹的手枪，走进了这节车厢。火车第一声汽笛一响，他们就开枪。然后，两分钟后，外面的人就可以把活着的那个接出来。

按理说，这真是再简单不过了。正因为太简单了，菲克斯和万事通的心都要从嗓子眼里跳出来了。

大家都在等火车的汽笛声。突然，传来几声可怕的叫喊声，还夹杂着啪啪的枪声。然而，这几声枪响并不是从决斗车厢里传出来的。相反，这些枪声是从整个列车，甚至从最前面的车厢里传过来的。火车里到处是惊慌的哭喊声。

斯汤普·普洛克托上校和福格听到后，马上拿着枪从车厢里冲了出来，飞快地向前面跑去,那里枪声和叫喊声响成了一片。

他们发现火车遭到了一帮西乌人的袭击。

这帮印第安人是真的在劫火车,他们已经不止一次这样干过。他们的一贯做法是,不等火车停下,一百多个人就一齐纵身跳到车门口的踏板上,然后就像表演飞身上奔马的马戏演员一样爬到火车车厢里。

这些西乌人都带着步枪。刚才的枪声就是他们和车厢里的乘客互相射击发出来的,那些乘客也几乎人人都有手枪。这些印第安人一上车,就冲到火车驾驶室,用大棒打昏了机械师和司机。一个西乌头领想把火车停下来,可是他不知道哪个是刹车手柄,胡乱扳开了火车的蒸汽阀门,本来应该关上的阀门一下子打开了,火车猛地发疯一样高速向前冲去。同时,西乌人还跑到各个车厢里,他们个个都像大闹天宫的野猴子在火车顶上乱窜,从车门跳进去和乘客展开了肉搏战。行李车厢被洗劫一空,包裹、行李都从这里被扔到了外面的铁路上。喊叫声和枪声混成一片。

不过乘客们都很勇敢,他们一直在抵抗。有一些被围攻的车厢已经变成了防御工事,就像是会活动的堡垒,以每小时一百英里的高速向前移动。

阿妩达夫人从一开始就表现得非常勇敢。当有西乌人向她走过来时,她拿了一支手枪毫不畏惧地通过打碎的玻璃向敌人射击。有二十几个西乌人被她打得半死后跌到了铁路上,还有几个从车厢连接的过道上掉到了铁轨上,马上像虫子一样被火车轮子轧死了。

有好几个乘客被子弹射中,还有的被棍棒打伤,伤势很严重,他们都躺到了椅子上。

必须马上停止这场战斗,它已经持续了十分钟。可是如果火车停不下来的话，这些西乌人就会得逞。现在，离卡尔尼堡只有两英里的距离，那里驻扎着一个美国兵营。一旦过了这个兵营，从卡尔尼堡再到下一站的时候，这些西乌人恐怕就已经成了这辆火车的主宰了。

列车员正在和福格并肩作战，突然一颗子弹射中了他。他在倒下的时候大声地喊着："如果火车不能在五分钟内停下来，我们就完了！"

"它会停下来！"福格说，他说着就要冲出车厢。

"您留在这儿，先生，"万事通朝主人喊着，"我来！"

福格还没有来得及拦住这个勇敢的小伙子，他已经打开车门偷偷钻到了车厢下面。因为枪战仍然在继续，子弹不断从万事通的头上呼啸而过，可是他真是灵活，凭着马戏演员的轻巧功夫，他在车厢下面隐蔽地前行。他抓住车厢底部的铁链，攀着刹车柄，沿着火车的底盘一节车厢一节车厢地向前爬，终于胜利到达了火车的前部。居然没有人发现他，真是太不可思议了。

这时，万事通一只手抓住火车，整个身体悬空在行李车和驾驶室之间，另一手去解车厢之间的挂钩链条。但是，由于火车头的牵引力太大，他始终没能拔开挂钩中间的铁栓。幸亏这时火车突然摇晃了一下，这根铁栓一下子被震了出来。只见火车头以更快的速度向前冲去。

脱离了火车头的牵引，火车后面的车厢在惯性作用下又向前走了几分钟。有乘客在车厢扳动了刹车柄，火车终于在离卡尔尼堡站不到一百步的地方停了下来。那里的美国兵听到了枪声早已冲了过来。还没等火车停稳，这些西乌人在美国兵赶到之前就已经四散鼠窜了。

可是当大家都站在站台上清点乘客时，有好几个人都不见了，其中就有那个英勇救人的法国小伙子。

第三十章

福格仅仅做了分内之事

三个乘客不见了，其中包括万事通。他们在刚才的枪战中被打死了吗？还是被西乌人俘虏了？现在还无法知道。

有很多人受伤，但是好在没有什么致命的重伤。受伤最重的就是斯汤普·普洛克托上校。他刚才非常英勇，有一颗子弹打在了他大腿根处，他跌倒在了地上。他和其他几位受伤的乘客都被抬到了车站，他的伤势需要马上接受治疗。

阿妩达夫人安然无恙。福格虽然也是全力作战，但是他一点皮儿都没擦破。菲克斯的胳膊受了伤，不过不是很严重。可是万事通不见了，阿妩达夫人伤心得流了很多眼泪。

所有的乘客都离开了火车。列车的轮子上都沾有血迹，车轴和轮辐上还挂着几片被撕下来的皮肉。雪白的平原上，一道道红红的血迹一直延伸到地平线的尽头。最后的几个印第安人往南跑去，消失在共和河岸边。

福格叉着手站在地上一动不动。他要决定做一件重要的事情。阿妩达夫人站在他旁边，一言不发地看着他。福格明白她的眼睛。他的仆人如果被俘虏了，难道不应该不惜一切代价把他从印第安人手中救出来吗？

“不管他是死是活，我都要把他找回来。”福格简单对阿妩达夫人说。

“噢！先生……福格先生！”这个年轻的女人抓住了福格的双手，她的眼泪掉在了他的手上。

“他会活着回来的！”福格又说，“只要我们一分钟也不耽搁。”

这样决定后，福格豁了出去。这等于宣告了自己的破产。因为哪怕耽误一天，他就会赶不上去纽约的轮船，他就会不可避免地输掉那个打赌。但是，在考虑这些之前，他只是想去救人，“这是我的职责！”对此，他毫不犹豫。

在卡尔尼堡驻防的上尉就在这里，他的手下大约一百多名士兵已经整装待命，一旦西乌人来袭击车站，他们就会给与反击。

“先生，”福格对上尉说，“有三名乘客失踪了。”

“死了吗？”上尉问。

“死了或者被俘虏了，”福格回答，“现在还不确定，但是应该弄清楚。您准备去追那些西乌人吗？”

“这很麻烦，先生，”上尉说，“这些印第安人可能已经逃到了阿肯色州！我不能丢下我驻守的地方不管。”

“先生，”福格又说，“这关系到三个人的生命。”

“可能吧，但是难道要我让五十个人去冒险救三个人吗？”

“我不知道您是不是会这样做，先生，但是您应该这样做。”

“先生，”上尉说，“这里没有人有资格教我应该怎么做。”

“是的，”福格冷冷地说，“我一个人去！”

“您，先生！”菲克斯叫道，他走过来说，“您一个人去追那些印第安人！”

“难道您让我看着那个不幸的小伙子遇难而不管吗，这里所有活着的人都是他救的。我一定要去。”

“可是，不行，您不能一个人去！”上尉叫道，他已经被感动了，“不行！您有一颗勇敢的心！……我需要三十名志愿者！”他转向自己的士兵说。

所有的士兵都拥了过来。上尉只在他们当中挑了三十个，并且选了一个年龄稍微大一点的中士带队。

“谢谢，上尉！”福格说。

“您可以让我和您一起去吗？”菲克斯问福格。

“您愿意的话就来吧，先生，”福格说，“但是，如果您想为我做点什么的话，那就留在阿妩达夫人身边吧。万一我有什么不幸……”

听到这句话，这个侦探的脸上突然变得苍白。难道就这样和他坚持不懈日夜紧跟的人分开吗！让这个人独自到荒无人烟的地方冒险！菲克斯仔细地盯着这位绅士，虽然他对福格有成见，虽然他还在和对方进行着斗争，但是面对这位绅士平静坦诚的目光，菲克斯还是低下了头。

“我会留下来。”他说。

不一会儿，福格就和那位年轻的夫人握手告别，他把他那个宝贵的旅行袋也交给了她。然后，他就和这一小队人一起出发了。

出发前，他对士兵说：“朋友们，如果我们能把人救出来，我给你们1000英镑。”

这时已经是十二点过几分了。

阿妩达夫人走进车站的一间房间，她一个人待在那里等候福格。她在想着福格是多么的慷慨和伟大，是多么的冷静和勇敢。福格已经牺牲了自己的财产,现在又在拿自己的生命冒险,他对所做的一切都毫不犹豫,只是出于责任,甚至连一句话也不多说。在她的眼里,福格无疑是一个英雄。

可是侦探菲克斯却不这么想。他的心情无法保持平静。他在月台上来回地走。忽然,他一下子回过神来。福格走了,他真是太糊涂了,他把福格放掉了。什么!这个他环绕地球追踪的人现在居然跑掉了!现在他那侦探的本性又占了上风。他不住地责备自己、骂自己,好像一个首都警察局局长在训斥一个由于无知而犯错的警察一样。

“我真是太愚蠢了!”他心里说,“万事通一定会把我的身份告诉他!他走了,他不会回来了!现在我再到哪里找他呢?我怎么会被他蒙骗了呢?我,菲克斯,我呀,口袋里还装着逮捕令呀!我简直就是一个笨蛋!”

侦探就这样在那里胡思乱想,他觉得时间过得真是太慢了。他不知道该怎么办。有几次,他都想把一切都告诉阿妩达夫人,但是他知道这个年轻的女人会怎么回答他。怎么办呢?他甚至想穿过广阔的白色平原去追赶福格!他觉得追上福格不是没有可能。他们的脚印还留在雪地上!可是不一会儿工夫,那行脚印就完全被新的一层白雪所掩盖。

菲克斯失望极了。此刻放弃跟踪的念头在他心里十分强烈。正在这时,出现了一个机会,可以让他离开卡尔尼堡车站不必再继续这次多灾多难的旅行。

事情是这样的。将近下午两点钟,大雪纷飞的时候,从东面传来火车长长的汽笛声。接着,只见一个长长的黑影闪着一束强烈的光芒慢慢地朝这边走来。在周围的雾气中它更显得巨大无比。

人们根本没有想到这时居然还有车从东边开过来。求救电报不可能这么快就收到，从奥马哈到旧金山的火车也只能明天才会到。不过人们一会儿就明白了。

这个冒着青烟响着刺耳汽笛声的黑家伙就是那个刚才脱节的火车。原来，火车头和车身脱钩后仍然带着火车司机和机师飞快地向前跑，它一直沿着铁路跑了好几英里，后来火渐渐熄了，一个小时后，它的速度逐渐慢下来，最后在离卡尔尼堡二十英里的地方停了下来。

那个司机和机械师都没有死，他们在长时间昏迷后又醒了过来。

机车已经停了。当他们看到四周都是荒漠时，他们发现整列火车只剩下这个火车头，后面什么都没有了，顿时机械师全明白了。可是这个车头怎样和后面脱离的，他却猜不到，但是，他十分肯定，后面的火车车厢现在一定瘫痪在路上。

机械师知道他应该怎么做。他毫不犹豫地采取了下面的措施。如果把车继续开到奥马哈，这是个稳妥的办法；如果回去找印第安人可能还在抢劫的车厢，肯定很危险。管它呢！他决定这样做。他往炉子里加满了煤和柴，把火烧得旺旺的，蒸汽压力很足，在快下午两点的时候，机车倒着开到了卡尔尼堡车站。这就是大家在雾气中看到的拉着汽笛的火车。

当乘客们看到火车头和车身又重新连接起来时，他们太高兴了。他们可以继续这个不幸中断的旅行了。

火车一到车站，阿妩达夫人就从车站里走了出来，她问司机：

“您马上要开车了吗？”

“马上，夫人。”

“但是那些被抓去的人……我们那些不幸的同伴……”

“可是我不能在中途停车，”司机说，“我们已经耽误了三个小时。”

“那么从旧金山开来的下一趟火车什么时候到这儿？”

“明天晚上，夫人。”

“明天晚上！那就太晚了。你们要等一下……”

“这不可能，”司机说，“您要是想走的话，就上车吧。”

“我不走。”这个年轻的夫人说。

菲克斯听到了他们的谈话。几分钟之前，什么交通工具都没有的时候，他下决心要离开卡尔尼堡，现在火车来了，而且马上要开了，他只要重新上车就可以离开这里，可是他却犹豫了，他站在这里一动也不动。这个站台好像着了火一样烤着他的双脚，使他无法挪动步子。他在做激烈的思想斗争。失败使他恼羞成怒，他决定斗争到底。

乘客们和几个受伤者都上了车，包括那个斯汤普·普洛克托上校，他伤得很重。火车的锅炉已经烧热，咕咚咕咚地响着，蒸汽从阀门中喷了出来。机师拉响了汽笛，火车开动了，立刻就消失在苍茫的雾气和飞舞的雪花之中。

菲克斯也留了下来。

几个小时过去了。天气十分恶劣，寒气逼人。菲克斯坐在车站的长凳上，一动也不动，好像睡着了。阿妩达夫人不顾风雪交加，不时地从福格为她准备的屋子里走出来查看情况。她一直走到站台尽头，想透过暴风雪和遮天盖地的浓雾看到些什么、听到些什么，可是什么都没有。她又回到屋子里时，已经完全冻僵了。但是没有多久，她又出去了，仍然什么都没有。

到了晚上。福格他们一小队人还是没回来。他现在在哪儿呢？找到那些印第安人了吗？他们交火了吗？那些士兵会不会在大雾中迷路、乱走乱撞呢？那个卡尔尼堡驻兵的上尉虽然没有表现出任何着急的样子，但是他也很担心。

天黑了，雪花小了一些，但是气温更低了。再勇敢的人看到这个沉沉的黑暗也会不寒而栗。平原上万籁俱寂，连一只鸟、一个野兽都看不到，只有死一般可怕的沉寂。

这一夜，阿妩达夫人满脑子都是不祥的预感，她忧心忡忡，思绪在草原边界游荡徘徊，她不停地胡思乱想，幻觉把她带到了一个遥远的危机四伏的地方。这漫长难熬的几个小时给她带来的痛苦真是难以形容。

菲克斯始终纹丝不动地坐在那里，但是他也同样睡不着。好像什么时候，有个人走了过来和他说了什么，但是侦探和那个人说了几句话，摇了摇头，之后就把他打发走了。

这一夜就这样过去了。黎明的时候，一轮半明半暗的太阳从大雾弥漫的地平线升起。远处两英里以内都可以看得一清二楚。福格一行人是朝南走的。可是这时南边什么都没有。已经是早晨七点钟了。

上尉非常担心，他不知道如何是好。该不该再派一队人去营救第一批人呢？该不该再派更多的人去冒险营救那几个被俘虏的人呢？不过他只是犹豫了一小会儿。他马上做了一个手势，叫来了一个中尉，他命令这个中尉到南边侦查一下。就在这时，响起了几声枪响。这是不是福格他们的信号？所有的士兵都从兵站里冲了出来，他们看到半英里处有一小队人排着队朝这边走过来。

福格走在最前面，他的旁边是从印第安人手中解救出来的万事通和另外两名乘客。

他们在离卡尔尼堡十英里的地方和那些西乌人打了一仗。在福格他们赶到之前,万事通和那两个乘客已经和看押他们的西乌人开打了。当福格他们匆忙去营救他们的时候,这个法国小伙子已经用拳头揍倒了三个敌人。

所有的人,去救人的人和被救的人都受到了众人的热烈欢呼,福格把他曾经许诺的奖金发给了这些士兵。万事通一直在反复地说着一句话:"说实在的,应该承认,我主人在我身上花的钱可真不少!"他的话也不无道理。

菲克斯什么也没说,他只是看着福格,要弄清楚此时他心中想什么真是很困难。至于阿妩达夫人,她一把抓住了福格的手,紧紧地握在自己的手里,激动得一句话也说不出来!

万事通一回来就在车站里找那辆火车。他还以为火车会在这里等他们,然后再开到奥马哈,他还想把损失的时间追回来。

"火车呢! 火车呢!"他大声地叫着。

"开走了。"菲克斯回答他。

"那么下一班火车呢,什么时候到这里?"福格问。

"就是今天晚上。"

"噢!"这位不动声色的绅士简单地说了一个字。

第三十一章

侦探菲克斯认真地为福格着想

福格现在比预定的时间晚了二十个小时。这都是万事通无意造成的，他非常后悔。都是他害了主人！

这时，菲克斯走到福格面前，面对面地看着他说：

“我真的想知道，先生，您是不是很着急？”

“的确很着急。”福格回答。

“我要确认一下，”菲克斯说，“您是不是必须在 11 日晚上九点钟之前赶到纽约，乘坐九点钟到利物浦的轮船？”

“非常必要。”

“如果不是这次遇到印第安人打劫，您应该在 11 日一大早就到达纽约，对吗？”

“是的，在开船前十二个小时。”

“好的。您现在晚了二十个小时。二十减去十二，您耽误了八个小时。也就是说要赶回八个小时。您打算补上这八个小时吗？”

“步行吗？”福格问。

“不，坐雪橇，”菲克斯说，“带帆的雪橇。有个人曾向我推荐这种交通工具。”

菲克斯说的就是那个夜里和他说过话的人，当时菲克斯拒绝了他的提议。

福格没有答复菲克斯。不过菲克斯把那个在车站前走来走去的人指给福格看，福格走了过去。过了一会儿，福格和那个叫麦基的美国人一起来到了卡尔尼堡车站下面，走进了一间小茅屋。

在这里，福格看到了一种非常特别的交通工具，它有点像汽车的底盘，下面是两条长长的棍子，前头翘起，构成了雪橇的底座，上面可以坐五六个人。雪橇前部三分之一的地方竖着一根很高的桅杆，上面张着一张大帆。这个桅杆用几条铁索牢牢地固定在雪橇上，有铁条支撑，用来竖起那张大帆。雪橇后部有一个橹状的舵，掌握方向。

显然，这是一个单桅雪橇。冬天，在冰雪覆盖的平原上，当火车因为大雪不能行驶的时候，这种交通工具可以十分迅速地往来于各个车站之间。而且，它们都挂上了大帆，就连竞赛的快艇都无法用这么大的帆，有翻船的危险。这些带帆的雪橇利用从后面吹来的风在草原的冰上飞速滑行，像高速列车一样，甚至比高速列车还要快。

很快，福格和这个陆地小船的主人谈好了价钱。现在风向对他们很有利，西风吹得正紧，雪冻得很硬。麦基在几个钟头以内肯定能把福格他们送到奥马哈车站。奥马哈车站有很多趟列车和线路都可以到芝加哥和纽约。把耽误的时间赶回来不是不可能。现在已经不能犹豫，只能冒险一试了。

福格不愿意让阿妩达夫人在寒风中受罪，雪橇在这么冷的天气里高速行驶会让人觉得更冷。于是他建议阿妩达夫人留在卡尔尼堡车站，由万事通保护她,并负责选择一条更舒适的道路在更好的条件下把她送回欧洲。

可是阿妩达夫人不愿意和福格分开,万事通对阿妩达夫人的这个决定也感到很高兴。实际上,现在这世界上没有任何东西可以让万事通离开他的主人,尤其是菲克斯还在主人身边。

那个侦探在想什么呢,这很难说。福格的平安归来是不是使他的信心动摇了呢?还是他仍然肯定福格是个极端狡猾的流氓,企图在环游世界后就可以回到欧洲逍遥法外了呢?也许菲克斯对福格的看法已经有了改变。但是他决不会放弃自己的任务,他比任何人都急于想尽办法回到英国。

八点钟,雪橇准备出发。乘客们——暂且把他们称为乘客——都坐好了,而且大家紧紧地靠在一起,身上盖好了毯子。两只大帆全都升起来了,在风的推动下,雪橇在坚硬的冰面上以每小时四十英里的速度向前飞行。

从卡尔尼堡到奥马哈的直线距离——美国人称之为蜂飞距离——顶多有二百英里。如果风一直这样刮,只需要五小时就可以走完这段路。如果不发生什么意外,下午一点钟就可以到达奥马哈。

这是怎样的一段旅程啊!大家紧缩成一团,都不能说话。寒冷再加上行进中的高速让他们根本无法张嘴说话。雪橇在冰上轻盈地滑翔,就像快艇飞驰在水面,但是它比快艇更轻更稳,快艇会激起浪花,而雪橇却不会。寒风吹过冰面时,雪橇上的大帆好像一双巨翼,雪橇在它们的带动下几乎要飞了起来。麦基紧紧握着舵柄,努力让雪橇保持直线前行,雪橇只要稍微向一侧倾斜,他就会马上扳动舵柄把它调整过来。所有的帆都张满了,前角帆也挂了起来,现在后桅帆不会挡住吹向前面的风了。顶桅也竖了起来,顶帆被风吹得鼓鼓的,更加大了帆对雪橇的推力。目前虽然不能很精确的计算出雪橇的速度，但是它肯定不会低于每小时四十英里。

“如果雪橇不出故障，”麦基说，“我们就会按时到达！”

麦基当然想快点到，因为福格仍然按照他的习惯许给了他一笔奖金。

雪橇笔直穿过的这片草原就像风平浪静的海面一样平坦，应该说像一片结了冰的水面。这里的铁路线从西南向西北延伸，经过大岛、内布拉斯加州的重要城市哥伦布、斯凯勒、福里蒙特，然后才到奥马哈。火车始终沿着普拉特河右岸行驶。雪橇走的是铁路线这条弧线内的直线距离，这就缩短了路程。麦基想从福里蒙特前面抄近路走，他毫不担心普拉特河会挡住他们的去路，因为河水现在已经结了冰，这条路可以说畅通无阻了。福格现在只担心两件事：一是怕雪橇出问题；二是担心风向会转变或风力减弱。

不过，风一点儿也没有减弱。相反，风更大了，大风甚至把铁索牢牢固定的桅杆都吹弯了。这些铁索在强风的吹动下，像琴弓上拉动的琴弦一样格棱棱直响。伴着这支如泣如诉的奏鸣曲，雪橇在一种紧张的气氛中向前疾驰。

“这些铁索发出的是五度音和八度音。”福格说。

这是他在一路上说的唯一的一句话。阿妩达夫人被紧紧地裹在皮大衣和毯子里，尽可能不被寒风吹到。

万事通的脸被风吹得红彤彤的，像雾气中即将下山的太阳，他正喝着刺骨的寒风。但是他的信念却无比坚定，他有必胜的信心。本来要早上到纽约的，现在只能晚上到了，但还是很有可能赶上开往利物浦的轮船的。

万事通甚至很想和他的盟友菲克斯握握手。他不会忘记是菲克斯告诉他们可以乘这种有帆的雪橇，而这是唯一可以及时赶到奥马哈的办法。但是，不知出于什么预感，他却克制自己没这么做。

不管怎样,有一件事万事通是永远不会忘记的。那就是福格为他做出的牺牲,他毫不犹豫地把他从西乌人手里救了回来。为了这个,福格先生差点赔上自己所有的钱甚至自己的生命……不!他永远不会忘记这一点!

当众人各怀心事的时候,雪橇依然在地毯般白雪皑皑的辽阔平原上飞驰。有时雪橇会经过一些小蓝河的支流,但是大家却没有觉察,因为田野和河水都变成了一片白色,根本区分不出来哪里是水哪里是土地,只有无边的荒野。在太平洋联合铁路和卡尔尼堡到圣约瑟夫的整个区域内,就像是个无人居住的荒岛。这里没有一个村庄、没有一个车站,甚至没有一支军队驻扎。偶尔,会看到一些难看的树从眼前一闪而过,白花花光秃秃的树枝在寒风中颤抖扭曲着。有时,天空中会有一群群野鸟和雪橇一样迅速飞过。还有几次,有一些野狼成群结队地从草原跑过,它们都饿得骨瘦如柴,一看到雪橇,便发疯般的追赶,想吃上一顿。这时万事通就握紧了手枪,一旦有恶狼接近,他就准备开枪。这时要是雪橇出什么毛病,面对恶狼的猛追,大家都会有生命危险。好在雪橇走得很好,它一直遥遥领先狼群,不一会儿就把那一大群狂吼乱叫的恶狼抛在了后面。

中午的时候,麦基从一些地方认出他们正在通过普拉特河。他什么也没有说,但是他已经可以肯定再走二十英里,就可以到奥马哈车站了。

实际上还没到一点钟,这位老练的驾驶员就放下了舵柄,赶紧收起了帆。没有帆的雪橇又快速向前滑了一阵,在走了大约半英里后,终于停了下来。麦基指着一片白色的屋顶说:“我们到了。”

到了!到了,的确是到了,已经到了这个每天都有无数列车开往美国东部的车站了!

万事通和菲克斯都跳了下来，他们先活动了一下已经冻僵了的四肢。福格和阿妩达夫人随后也下了雪橇。福格付给了麦基一大笔钱，万事通像老朋友一样和麦基握手告别。然后大家就立刻冲向奥马哈车站。

就是在这个内布拉斯加州的重要城市，太平洋铁路就到此为止了，这里是密西西比盆地和大西洋之间的交通枢纽。从奥马哈到芝加哥的铁路叫“芝加哥—石岛铁路”，这条铁路线一直向东，中途有五十个停靠站。

这时站台里正有一辆直达列车马上就要开车。福格和其他人想都没想，连忙跳上了火车。他们没有时间多看奥马哈一眼，但是万事通心里并没有觉得有什么遗憾，他认为现在不是欣赏城市风光的时候。

这辆火车飞快地行驶在艾奥瓦州。它经过了康瑟尔布拉夫斯、得梅因、艾奥瓦市。夜里，火车在达文波特穿过了密西西比河，过了石岛后，就进入了伊利诺伊州。第二天，12 月 10 日下午四点，火车到达了芝加哥。废墟中重建起来的芝加哥，傲然矗立在美丽的密歇根湖畔，比以往更加雄伟。

从芝加哥到纽约有九百英里。芝加哥的火车很多。福格到了以后马上跳上了另一辆火车。这是一辆“匹兹堡—威恩—芝加哥铁路公司”的快车，它好像知道福格想要赶回耽误的时间似的，开得飞快。它闪电一样地穿过了印第安纳州、俄亥俄州、宾夕法尼亚州、新泽西州，经过了一些名字很古老的城市，其中有的城市只有街道和电车，还没有居民住房。最后火车来到了哈得孙河，12 月 11 日晚上十一点一刻，火车停在河右岸的车站里，车站就在居纳尔轮船公司的码头前，换句话说，就在“英国和北美皇家邮船公司”的码头前。

但是，开往利物浦的“中国号”轮船在四十五分钟之前就已经启航了！

第三十二章

福格和坏运气作坚决斗争

“中国号”的出发似乎带走了福格的最后一线希望。

而且,美国和欧洲之间也没有别的直航船只,不论是法国横渡大西洋公司的轮船、“白星线”的轮船、伊门公司的汽船,还是汉堡线的其他轮船,都不能帮助福格完成他的旅行计划。

例如,法国横渡大西洋公司的“佩里耶号”——速度和舒适度都不低于其他任何公司的轮船——也要等到后天,也就是12月14日才出发。汉堡公司的船也是如此,他们不是直接开往利物浦或纽约,而是到哈佛。要是加上从哈佛到南安普顿这一段路程的耽搁,福格最后的努力将前功尽弃。

至于伊门公司的那艘“巴黎市号”轮船也根本不必考虑,它也要等到第二天才开。而且这些船都专门用于运送移民,船上的马力很弱,一半靠帆、一半靠蒸汽,速度也很慢。这种船从纽约开到英国要花的时间,比福格目前离打赌的最后期限的时间还要多。

福格对这些情况都了如指掌,因为他查阅了《布莱得肖旅行指南》,这里有每天往返大西洋的船只的详细情况。

万事通已经彻底绝望了。他们来晚了四十五分钟,没赶上那艘船,这件事让他非常难过。都是他的错，他在这一路上不断制造麻烦！他回想起这一路上的种种意外，回想起主人为他一个人花的冤枉钱，回想起这个数额巨大的打赌、再加上这次即将失去意义的旅行中的大笔开支，这些都会让福格倾家荡产。一想到这些，他真想把自己大骂一顿。

福格却没有责怪他一句，离开这个轮船码头时，他只说了一句："走吧，我们明天再说吧。"

福格、阿妩达夫人、菲克斯和万事通在泽西乘坐轮渡过了哈得孙河，租了辆马车来到了百老汇大街上的圣-尼古拉大酒店。他们开好房间住了下来。这一夜对福格来说很短暂，他睡得很香。但是对阿妩达夫人和其他人来说，这一夜却显得极其漫长，他们都心事重重、辗转难眠。

第二天是 12 月 12 日。从 12 日早上七点到 21 日晚上八点四十五分，福格还有九天零十三个小时四十五分钟的时间。如果昨天福格坐上了居纳尔公司最好的轮船"中国号"，那么他就会如期赶到利物浦，再到伦敦！

福格这时独自离开了酒店，他吩咐万事通在酒店等他回来，并叫他通知阿妩达夫人随时准备出发。

他来到了哈得孙河畔，在那些停靠在码头和河中心的船只中间，他仔细地查找有没有即将出发的船只。有好几只船都挂着出发的信号旗，等早上潮一涨就出发。在纽约这个大型港口，每天都有上百条船要驶往世界各地。但是它们大部分都是帆船，对福格没有什么用处。

这位绅士看来连最后的机会也没有了。突然他发现，在离他大约两百米的地方，有一艘带螺旋推进器的商船停在炮台边。这艘船样子很精巧，船上的烟囱正冒着浓浓的黑烟，看来马上要起锚出海了。

福格连忙叫来了一艘快艇靠了过去。没开几下，就来到了这艘“亨利艾塔号”的悬梯前。这是一艘铁壳船，船上面都是木质结构。

“亨利艾塔号”的船长就在甲板上。福格走上甲板就和船长打招呼，船长很快走了过来。

这是一个五十多岁的男人，是个经验丰富的航海老手，看样子好像不太好说话。他的眼睛圆圆的，面如青铜，头发红红的，脖子粗粗的——一看就和一般人不太一样。

“船长吗？”福格问。

“我就是。”

“我叫费雷亚斯·福格，伦敦人。”

“我叫安德罗·斯皮蒂，加迪夫人。”

“您要开船吗？”

“一个小时以后。”

“您这是要去……”

“去波尔多。”

“您的货呢？”

“船底装的是石头，没有货，我空船回去。”

“有乘客吗？”

“没有。我们从不送客。送客很麻烦也很让人讨厌。”

“您的船走得好吗？”

“每小时十一到十二海里，人人都知道‘亨利艾塔号’。”

“您愿意把我们送到利物浦吗，我还有另外三个人。”

“利物浦？您为什么不说去中国？”

“我是说利物浦。”

“不行！”

“不行吗？”

“不行。我要去波尔多，我去的是波尔多。”

“多少钱都不干吗？”

“多少钱都不干。”

船长的口气不容商量。

“可是，‘亨利艾塔号’的船主……”福格又说。

“船主就是我，船是我的。”船长回答。

“我租您的船。”

“不行。”

“我买下它。”

“不行。”

福格这时连眉头也没皱一下。可是事情真的很棘手。这次是在纽约，而不是在香港，“亨利艾塔号”的船长也不像“唐卡德尔号”的船长那么好说话。在此之前福格的钱一直都可以解决问题，但是这一次，有钱也没用。

可是，必须想办法坐船渡过大西洋——即使是坐气球也行——虽然很危险，但是也不是不可能。

福格好像有了主意。他对船长说：

“好吧，您可以把我们带到波尔多吗？”

“不行，您就是给我两百美金也不行。”

"我给您两千美金。"

"每人?"

"每人。"

"你们是四个人吗?"

"四个人。"

斯皮蒂船长挠了挠头,简直要把头皮挠下来。他可以赚八千美金,而且不会影响他的航程,这真的很划算,他已经把他那送旅客很讨厌的看法抛到了脑后。何况,价值八千美金的乘客已经不再是简单的乘客了,简直就是价值昂贵的货物。

"我九点钟出发,"船长简单地说,"如果您和您的同伴要走,九点钟可以到吗?"

"九点见,我们会准时上船!"

现在是八点半。福格从"亨利艾塔号"上下来,马上坐车来到了圣-尼古拉酒店,他带上阿妩达夫人和万事通上船,并问那个总是不离左右的侦探菲克斯要不要和他一起上船。他保持他在任何场合都惯有的那种冷静做完了这一切。

当"亨利艾塔号"准备出海的时候,所有的人都到齐了。

万事通知道了他们这次航行要花多少钱的时候,他长长地发出了一声"噢",这一声"噢"可真够长的,一直从最高的半音拖到最低的半音。

而那个菲克斯则在心里想,英国银行肯定不会不损失一分钱就结案。实际上,就是到了英国,福格所花的钱跟他总钱数相比也不过是九牛一毛罢了,他那个钱袋子里也只不过少了七千多英镑而已!

第三十三章

福格渡过了难关

一个小时之后，“亨利艾塔号”经过哈得孙河口的灯船，转向桑迪胡克，从这里驶入了大海。这一整天，船都是沿着长岛向前开，它始终远离长岛上的灯标，迅速向东行驶。

第二天，12 月 13 日中午，船上有一个人登上驾驶台测定航向。如果你认为这个人一定是斯皮蒂船长！那么你就大错特错了。这个人正是费雷亚斯·福格。

那个斯皮蒂船长呢，他此刻被牢牢锁在了他的船舱里，正气得嗷嗷直叫呢，他已经愤怒到了极点，不过这可以原谅。

事情的经过很简单。福格想去利物浦，船长不同意带他去，然后福格就同意到波尔多，在他上船后的三十个小时当中，他很好地发挥了英镑的作用，全船的水手，以及司炉——这些人有些贪财，而且他们本来就跟船长不和——都收了福格的钱，站到了福格一边。这就是为什么现在福格代替了斯皮蒂船长指挥航行，而斯皮蒂船长却被关在船舱的原因，也是为什么“亨利艾塔号”现在开向利物浦的原因。很显然，看福格操作轮船的样子，可以肯定他一定当过水手。

现在，这次冒险的结局如何，我们一会儿再说。不过，阿妩达夫人虽然什么也没说，心里却不无担心。菲克斯呢，一开始他就有些摸不着头脑。万事通则认为这件事做得太棒了。

斯皮蒂船长曾说过，时速在每小时十一到十二海里之间，“亨利艾塔号”在航行中确实保持着这个平均速度。

如果——又是如果！——如果海面情况不是很糟的话，如果不起东风，如果船不出任何故障，如果机器不出任何毛病，那么“亨利艾塔号”在九天后，也就是12月21日就可以走完从纽约到利物浦的这段三千海里的路程。不过，一旦到了英国，要是把抢夺“亨利艾塔号”这件事和银行抢劫事件算在一起，福格就会有大麻烦了。

最初几天，航行十分顺利。海面没什么大风；风向一直保持西南；船张起了帆；在双桅纵帆的带动下，“亨利艾塔号”像一艘真正的越洋大船在海面行驶。

万事通高兴极了。主人的这条妙计令他兴奋无比，他也并不想知道后果。船员们从来没见过这么高兴、这么多话的人。他跟船员们亲热得不得了，他那翻跟头的绝技更是让大家看得目瞪口呆。他对他们说最好听的话、请他们喝最好的酒。为了不辜负他的好意，船员们都像绅士一样认真对待工作，司炉们像英雄一样充满激情地把炉火烧得旺旺的。万事通的乐观情绪感染了每一个人。他已经忘记了过去，忘记了不快和危险，他只想赶快到达目的地。现在离终点已经这么近了，有时他也会急不可耐，就好像“亨利艾塔号”的炉火在烧他的屁股一样。这个小伙子总是在菲克斯身边转悠，他看着这个侦探，好像有一肚子的话要和他说！但是他什么也没有说，因为在这两个曾经是朋友的人之间已经没有任何友情可言了。

而菲克斯呢，他真是一点也不明白！夺取“亨利艾塔号”，收买船员，这个福格像老练的水手一样在船上行事，这一切都把他搞得晕头转向。他只能苦思冥想！是的，这个绅士既然能盗窃五万五千英镑，那么他当然就可以夺取一艘船。菲克斯很自然地会想到，既然福格控制了“亨利艾塔号”，那么这艘船肯定不会再去利物浦了，而是去另外一个什么地方，到了那里，这个贼就舒舒服服地变成海盗，永远逍遥法外了！应该承认，这个猜想非常合情合理。侦探这时真后悔自己上了福格的贼船。

那个斯皮蒂船长此刻仍旧在船舱里大喊大叫。万事通负责为他送吃的，尽管他性格倔强，但是对于这项差事他却是一丝不苟。福格呢，他好像根本没去想这条船上还关着个船长。

13 日，船来到了纽芬兰礁附近，这里很难走。尤其是冬天，海面经常有大雾，风势也很强劲。头一天晚上，船上气压计的水银柱就下降得很厉害，这预示着天气要变。果然，在夜里气温更低了，同时风向也转为了东南。

情况真是糟透了。为了不让船偏离航道，福格收起了帆，命令轮船加大马力前行。可是，由于海面情况的变化，船的行驶速度还是慢了下来。巨浪冲击着船头，船身剧烈地晃动着，这大大降低了船前行的速度。风越刮越大，渐渐形成了飓风，眼看“亨利艾塔号”在巨浪滔天的大海中就要坚持不住了。可是，要是逃到别处躲避飓风，还会发生什么不测也很难说。

万事通的脸色就和阴沉的天空一样难看。两天以来，这个忠实的小伙子一直在提心吊胆。而福格真不愧是一名勇敢的水手，他就是要和大海斗一斗。他一直让船向前走，甚至没有减小一点儿马力。每当有大浪打来时，

“亨利艾塔号”无力驶向浪尖,只能从巨浪下面穿过,海水打湿了整个甲板。可是不管怎样,它还是从浪里穿了过来。有几次,巨浪排山倒海一样推过来,把船尾高高地抛起,小船尾部的螺旋桨在空中哗哗啦啦转得直响,可是船还是挺了过来,继续向前行驶。

其实,风并不是像人们想得那么可怕。这次刮的风并不是那种每小时九十海里的飓风,它只是一股强风。但是对船不利的是,风向一直是东南,这样船就无法撑帆。而就目前的情况来看,只有借助帆的力量船才能走得快。

12 月 16 日,这一天是福格离开伦敦的第七十五天。总的来说,“亨利艾塔号”没有耽误什么时间。船已经差不多走完了一半路程,而且已经过了最难走的路段。如果是在夏天,那就可以说已经胜利在望。但是现在是冬天,只能看老天爷的脸色行事。万事通一句话也不说,但是他心里仍然对胜利抱有希望。即使不能指望风向转变,也可以靠蒸汽的力量。

然而,这一天,船上的机械师到甲板上找福格,两个人说了老半天。

万事通并不知道有什么事,但是可能是出于某种预感,他忽然变得十分担心。他恨不得把两只耳朵的听力都集中到一只耳朵上,那样就能听到他们在说什么。尽管听不太清楚,他还是听到了几个字,这些字断断续续从他主人那传过来:

“你对刚才说的事肯定吗?”

“肯定,先生,”机械师回答,“别忘了,开船时,我们把所有的锅炉都烧得旺旺的,从纽约到波尔多如果烧小火的话是没问题的,但是如果用大火从纽约到利物浦,煤炭就不够了!”

“我会考虑的。”福格说。

万事通明白了。他真是心急如焚。

煤炭不够了！

“噢！要是主人能解决这个问题，那他才真是太了不起了！”万事通心想。

万事通碰到菲克斯时，忍不住把这件事告诉了他。

“是吗，”侦探咬着牙对他说，“你真的认为我们要到利物浦去吗？”

“当然了！”

“笨蛋！”侦探回答他，说完后耸了耸肩便走了。

万事通站在甲板上，仔细地琢磨着菲克斯说的这个词，他怎么也不明白菲克斯到底是什么意思。不过，他想，一定是这个倒霉的菲克斯在蠢乎乎地跟着他假想的盗贼环游地球之后觉得太灰心、太没面子、太没自尊了，才说出这个词表示懊悔。

福格现在打算怎么办呢？很难猜到他的想法。不过，这位冷漠的绅士肯定想到了一个办法，因为当天晚上他叫来了机械师，对他说：

“开大火，开足马力直到煤烧完再说。”

不一会儿，“亨利艾塔号”的烟囱又冒出了滚滚的浓烟。

船全速前进；但是这样开了两天后，也就是18日，机械师告诉福格，正如前面说的，船上的煤已经不够当天之用了。

“别让火弱下去，”福格说，“相反地，把所有的炉子都加满煤。”

这一天快中午的时候，福格在测量了水深和船的方位后，来找万事通，他命令他把斯皮蒂船长叫过来。万事通就好像听到有人让他给老虎打开笼子一样，这个正直的小伙子下到后舱，心想："这个家伙准会大发雷霆！"

果然不出所料，几分钟后，随着喊叫声和叫骂声，一颗"炸弹"在后舱爆炸了。这颗"炸弹"就是斯皮蒂船长，他简直马上就要爆炸了。

"我们到哪儿了？"他开口便问，怒火冲天地大叫。他要是知道了真相，准会背过气去，而且不会醒过来。

"离利物浦七百七十海里的地方。"福格回答他，语气十分平静。

"海盗！"斯皮蒂船长叫道。

"先生，我找您来……"

"简直是海盗！"

"……先生，"福格又说，"请您把您的船卖给我。"

"不！见他妈的鬼，不卖！"

"因为我不得不把船烧掉。"

"烧我的船！"

"是的，至少要把上面的装备烧掉，因为我们的煤不够了。"

"要烧我的船！"斯皮蒂船长嚷嚷着，他气得已经连话都说不清楚了，"要烧一艘值五万美元的船。"

"这是六万美元！"福格说，他递给船长一大摞钞票。

斯皮蒂船长的态度马上发生了奇迹般的变化。看到这六万美元而不动心的话，那就不是美国人了。船长一下子忘记了愤怒，忘记了自己曾被囚禁，忘记了对福格的仇恨。他的船已经行驶了二十年。这笔生意真是太值了！这颗"炸弹"现在再也不会爆炸了，因为福格已经拔掉了雷管。

"请把铁壳给我留下吧。"他用非常温和的声音对福格说。

“我会留下铁壳和机器的,先生。可以吗?”

“好。”

斯皮蒂船长手里攥着那一把钞票数着,接着就把它们装进了口袋。

看到这一切,万事通的脸都变白了。菲克斯只差没晕过去。福格已经花了差不多两万英镑,可是他还把铁壳和机器送给他的卖主,这些部件差不多就值一艘船!看来银行失窃的钱真的有五万五千英镑!

斯皮蒂船长把钱装好后,福格对他说:

“先生,希望这不会让您意外。如果我不能在12月21日晚上八点四十五分赶回伦敦的话,我就会损失两万英镑。因为我误了纽约的轮船,而您又不肯送我去利物浦……”

“而我也很划算,关几天就可以得到五万美元,”斯皮蒂船长大声说,“我至少可以赚四万美元。”

然后,他又加重语气说:“您知道吗,船长……”

“福格。”

“福格船长,是的,您也有点像美国人。”

斯皮蒂船长说完几句自以为是恭维的话之后,正准备要走,福格却突然问他:

“这艘船现在归我了?”

“当然,从龙骨到桅冠,上上下下,所有的‘木头’都归您,一言为定!”

“好。请您让他们把所有的家具门窗劈掉,全拿去烧锅炉。”

于是船员们根据需要往锅炉里填了足够的木料。就在当天,艉楼、甲板室、船舱、船员室和下甲板,全都烧掉了。

第二天,12 月 19 日,大家又烧掉了桅杆、桅架和其他木材料。船员们把帆架也劈成了一根根的木条。人人都热情高涨。万事通又是劈、又是砍、又是锯,一个人干了十个人的活儿。简直是一场疯狂的大破坏。

又过了一天。12 月 20 日这天,舷木、挡板、船上的大部分可以烧的东西都烧了个精光。“亨利艾塔号”就像一个光秃秃的光壳船。

也就是在这一天,人们看到了爱尔兰海岸和法斯奈特的灯塔。

但是晚上十点钟,船才经过昆斯顿。离福格需要最后到达伦敦的时间只剩下二十四小时了！这正是“亨利艾塔号”需要开足马力赶到利物浦的时刻。可是恰恰这个时候,蒸汽不足!

“先生,”斯皮蒂船长对福格说,他最后也对福格的计划感起兴趣来,“我真替您着急。一切都对您不利！我们才到昆斯顿。”

“噢!”福格说,“昆斯顿,就是我们看到灯光的地方吗?”

“是的。”

“我们可以进港吗?”

“至少要等三个小时。只能等潮涨时才能进。”

“那就等吧!”福格平静地说,他的脸上什么表情也没有,丝毫看不出他能有什么奇特的灵感再一次打败坏运气!

昆斯顿实际上是爱尔兰海岸的一个港口,从美国开出到欧洲的越洋邮轮在这里会卸下邮件,这些邮件在这里再由快车运到都柏林,然后装快船运到利物浦,这样比海运公司最快的船还要早十二个小时到利物浦。

从美国来的邮件这样就可以早到十二个小时。福格也想这样做。本来坐“亨利艾塔号”要在明天晚上才能到利物浦,现在他中午就可以到,这样就可以在明天晚上八点四十五分赶到伦敦。

早上将近一点的时候,“亨利艾塔号”在潮涨的时候开进了昆斯顿港。斯皮蒂船长热情地和福格握手告别。福格一行人下了船,只留下船长一个人站在他那光秃秃的铁壳船上,而这艘船现在仍然值一半的钱呢!

大家很快下了船。菲克斯这时有一种强烈的愿望要抓福格。可是,他没有这么做!为什么?他做了怎样的思想斗争啊?难道他和福格站在一边了吗?难道他终于明白自己错了吗?不管怎样,菲克斯肯定不会放弃福格。他和福格、阿妩达夫人,还有那个忙得连喘气的时间都没有的万事通一起下了船,在昆斯顿登上了早上一点半出发的火车,天刚亮就到了都柏林,紧接着又登上了一艘汽船——这些汽船都是钢结构的机械船,船很轻易就飞到了浪尖,轻而易举就渡过了海峡。

12 月 21 日中午十一点四十分,福格终于在利物浦下了船。他只需要六个小时就可以到伦敦了。

可是这个时候,菲克斯走了过来,他按住了福格的肩膀,拿出了那张逮捕令:

“您是费雷亚斯·福格先生吗?”他问。

“是的,先生。”

“我以女王陛下的名义逮捕你。”

第三十四章

万事通有机会说了一句风凉话

福格被关了起来,他被关在利物浦海关大楼的一间屋子里,他要在这里过一夜,然后被押往伦敦。

在福格被捕的时候,万事通想扑向那个侦探。但是警察拦住了他。阿妩达夫人面对这件突然发生的意外吓呆了,她不知道该做什么,也不能明白这是为什么。万事通把事情的来龙去脉告诉了她。阿妩达夫人简直不能相信,福格这个正直、勇敢的绅士,这个冒生命危险救了自己的绅士竟然被当作窃贼抓了起来。这位年轻的夫人坚决反对这种诬蔑,她的心里气愤极了,但是她又不能怎么样,她找不到任何办法把福格救出来,只能气得不住地流眼泪。

菲克斯抓住了福格,这是他的职责所在。福格到底有没有罪,最终还要听法律来判决。

万事通现在却想起一件事,他觉得这件事就是这一切倒霉事的根源!他为什么要对福格隐瞒这件事呢?当菲克斯告诉自己他警察的身份和他的任务时,自己为什么一点都没有告诉主人呢?如果他把这些告诉了福格,可能福格会向菲克斯证明自己是无辜的,证明菲克斯误会了;那么,主人也就不会为这个一心想等他踏上英国的土地就抓他的不善警察负担旅费了。万事通一想到这里，想到是自己的错，想到都是他的大意害了主人，他就不停地责备自己。他哭了，他努力不让人看到。他真想一头撞死！

阿妩达夫人和万事通不顾寒冷，都留在了海关大楼前的走廊里。他们两个谁也不想离开。他们都想再见到福格。

那么福格呢，他一定完全绝望了，而且又是在马上就要成功的时候碰到了这种事。这次逮捕毁掉了他的一切，什么都无法挽回了。12 月 21 日中午十一点四十分到达利物浦，离最后到达改良俱乐部的时间——晚上八点四十五分——只差九小时十五分了。而从这里到伦敦只需要六个小时。

这时，谁要是走进海关大楼的这间房间就会看到福格。他坐在木凳上，一动不动，既不生气也不着急。可能只有逆来顺受了吧，可是这最后的打击也并没有让他激动起来，连表面上的激动都没有。难道他在暗暗生气吗，他会不会非常生气，由于在最后关头遇到了一件无法阻止的事情？谁也不知道。但是福格就安安静静地坐在那里，他在等……等什么呢？他还有什么希望吗？当他被关在这个监禁室里的时候，他仍然有成功的把握吗？

不管他在想什么，福格只是把他那块表小心地放在桌子上，看着表针在一格一格地向前走。他没有说一句话，但是他的眼睛十分专注地看着表。

这次的情况真的很糟糕，谁也不知道福格在想什么，不过：

如果福格是个正人君子的话，他肯定是被打垮了。

如果福格是个窃贼，那么他肯定跑不了了。

他想没想过把自己救出去呢？他是不是打算在这里找一个出口逃出去呢？他要逃跑吗？您肯定会这么猜测，因为他现在正在这间房子里转圈。

可是,这间屋子的房门关得死死的,窗户上也装有铁条。于是他又重新坐了下来,他从口袋里掏出了那本旅行计划表。表上写着:

“12 月 21 日,星期六,利物浦。”

他又在上面加了一句:

“第八十天,上午十一点四十分。”

他在等待。

海关的大钟响了,下午一点钟了。福格发现他的表比海关的钟快两分钟。

两点钟了!如果他现在坐上快车,他还可以在晚上八点四十五分之前到达伦敦改良俱乐部。他轻轻皱了皱眉……

两点三十三分,他忽然听到外面有人说话,还有开门的声音。福格听到了万事通和菲克斯的声音。

福格的眼睛闪了一下。

房门打开了,福格看到了阿妩达夫人、万事通和菲克斯,他们急匆匆地冲了进来。

菲克斯已经上气不接下气了,他的头发乱蓬蓬的,他已经连话都说不出来了!

“先生,”他结结巴巴地说,“先生……对不起……你们简直太像了……三天前那个贼已经逮到了……您……自由了!”

福格自由了!他走到侦探面前,直直地盯着他,做了一件他以前从没做过或许一辈子都不会做的事,他猛举起双臂向后一晃,接着,他的双拳准确地落在了菲克斯的身上。

“打得好!”万事通大叫,他还说了一句风凉话,真不愧是法国人,他说道:

“见鬼去吧! 这才是地道的英国拳术!”

菲克斯被打倒在地,他一句话也没说。他这是自作自受。福格、阿妩达夫人和万事通立刻离开了海关。他们一头冲进一辆车里,几分钟后就来到了利物浦火车站。

福格去打听有没有马上出发去伦敦的快车……

现在是两点四十分……快车在三十五分钟之前已经出发了。

于是福格要求能不能派一辆专车给他们。

本来车站有几辆快车;但是按照车站的规定,专车不能在三点钟之前离站。

三点钟,福格对司机说了几句话,许给了他一笔奖金。接着,在阿妩达夫人和他那忠诚仆人的陪同下,福格朝伦敦方向赶去。

他必须在五个半小时走完利物浦和伦敦之间的路程。如果沿途铁路线都很通畅的话,这是很有可能的。但是路上却偏偏有几次被耽误了,当这位绅士到达伦敦车站的时候,伦敦市所有的大钟都指着八点五十分。

在环绕地球一周之后,福格完成了他的旅行,然而他却迟到了五分钟! ……

他输了。

第三十五章

无需主人吩咐两遍，万事通立刻执行命令

第二天，如果告诉塞维尔街的居民福格已经重新回到了家里，他们肯定会很吃惊。福格家仍旧是门窗紧闭。从外面看不出一丝变化。

从火车站回来后，福格让万事通去买一些东西，他自己先回家了。

这位绅士仍然保持一贯的冷静，他不动声色地承受着这次打击。他全输了！都怪那个该死的糊涂侦探！在这次长途旅行中，福格一直稳步向前，他经历了千辛万苦、排除了万千险阻、一次次化险为夷，在途中还抽出时间做了几件好事，眼看胜利在望的时候竟然碰上了这样一场突发事件，真是始料不及、无可挽回：这真是太惨了！他离开家时带的那一大笔钱，现在只剩下可怜的一点点儿了。他的全部财产就是存在巴林兄弟银行里的那两万英镑，可是这两万英镑就要转给改良俱乐部的那些会友了。他在路上花了那么多钱，即使赢了这场打赌，他也不会发财，而且他打赌也不是想赚钱——他是那种为信誉而赌的人——可是，如果他输了这场打赌，他就会输掉全部财产。而且，他现在已经输了。他很清楚剩下该干什么。

福格在塞维尔街的这座房子里为阿妩达夫人安排了一间房间。这位年轻的夫人很难过。她通过福格说的只言片语了解到他正在考虑一个伤心的

计划。

我们知道，像这样一种性格孤僻的英国人，如果有什么事情想不通的话，可能会走极端的。万事通表面上若无其事，但是暗中却一直在注意主人的一举一动。

不过，这个忠实的小伙子还是先到他的房间里关上了那个开了八十天的煤气开关。他已经在信箱里发现了一张煤气公司的交款单，他认为应该马上关掉煤气。

这一夜过去了。福格睡了，但是他睡着了吗？阿妩达夫人可是一点儿也睡不着。万事通则像一条警犬一样在主人的门前守了一夜。

第二天，福格把万事通叫来，他用简短的话命令他为阿妩达夫人准备午饭。他自己只要了一杯茶和一片烤肉。阿妩达夫人很想对福格说声对不起，因为福格全在为她的午饭和晚饭张罗。福格这一天不准备下楼。晚上，他想和阿妩达夫人谈谈。

万事通现在知道了这一天的安排，他只要去一一落实就可以了。但是，看到主人还是面无表情的样子，他真不想离开房间。万事通的心里很难过，他觉得很内疚，他真恨自己，都是自己造成了现在这个无法挽回的局面。是的！他本来可以告诉福格的，如果他把菲克斯的任务告诉福格，福格肯定不会把菲克斯一直带到利物浦，那么……

万事通不能再想下去了。

“我的主人呀！福格先生！”他叫道，“您骂我吧。都是我的错……”

“我不会怪任何人，”福格语气十分平静，“你去吧。”

万事通离开了房间，去找阿妩达夫人，他要把主人的决定告诉她。

“夫人，”万事通说，“我自己什么也不能做，一点用都没有！我一点也影响不到主人，您可能会……”

“什么作用呢，我又能起什么作用呢？”阿妩达夫人说，“福格先生不会受任何影响的！他永远都不明白我对他的感激有多深！他永远都不明白我的心！我的朋友，别离开他，一刻也不要离开他。你说他晚上想和我谈谈，是吗？”

“是的，夫人。可能是关于在英国怎样保护您的事情。”

“我们就等到晚上吧。”阿妩达夫人说，她陷入了沉思。

这一个星期天，塞维尔街的这栋房子里好像没人住一样。当议会大楼的钟敲响十一点半的时候，福格没有去改良俱乐部，这是他住进这栋房子以来生平第一次这样做。

为什么要去改良俱乐部呢？他的会友又不会在那里等他。因为，前一天晚上，那个致命的12月21日晚上八点四十五分，福格没有出现在俱乐部的大厅。他现在也不必去巴林兄弟的银行去取那笔两万英镑的赌注。那张有他签名的支票已经在他那些赌友的手中了，只需签个字，这笔两万英镑的巨款就可以从巴林兄弟的银行转到他们的户头上。

所以福格没有必要出门，他没出门。他待在房间里整理东西。万事通不停地在塞维尔街的这栋房子里跑上跑下。对这个可怜的小伙子而言，时间仿佛已经停滞了。他时刻注意倾听主人门里有没有动静，他很小心，没有发出一丁点儿的声音！他从门上的钥匙孔向里看，他认为有权这么做！万事通每分每秒都担心会发生什么不好的事。有时，他想到菲克斯，但是他马上提醒自己别分心。他已经不再恨那个侦探了。菲克斯和所有那些错看了福格的人一样,他误会了主人,他跟踪逮捕福格,这也是他的职责所在,可是他万事通呢……这个想法让他痛苦万分,他觉得自己是最大的罪人。

他觉得一个人在房子里实在太孤独了,于是他敲响了阿妩达夫人的房门。他走了进去,在一个角落坐了下来,一言不发地看着这个年轻的夫人,阿妩达夫人则一直在想心事。

晚上将近七点半的时候,福格问阿妩达夫人一会儿愿不愿意在她房间里和他谈谈,只有他们两个人。

福格找了个椅子坐在壁炉旁,面对着阿妩达夫人。他的脸上没有流露出任何感情。回到家的福格和出发时的福格一模一样。一样的冷静,一样的沉着。

沉默了几分钟后,他抬起头对阿妩达夫人说:

“夫人,您能原谅我把您带到英国吗?”

“我? 福格先生! ……”阿妩达夫人回答,她的心在狂跳。

“请听我把话说完,”福格又说,“我本来想把您带到远离是非的地方,印度对您太危险了。当时我还有钱,我打算把我的一部分财产给您。您会生活得很幸福,很自由。但是现在,我破产了。”

“我知道,福格先生,”阿妩达夫人说,“我也要请您原谅我跟着您——谁知道呢? ——可能就是我让您耽误了时间,导致了您的破产吧?”

“夫人,您当时不能留在印度,您只有走得足够远,那些信徒不能再抓到您了,您的安全才会有保障。”

“所以,福格先生,”阿妩达夫人接着说,“您不仅要把我从死神手中救出来,还要保证我在国外的处境也要安全。”

“是的，夫人，”福格说，“但是真是事与愿违。现在我只剩下一点儿财产了，我请您同意接受它。”

“可是，您呢，福格先生，您怎么办？”阿妩达夫人问。

“至于我，”这位绅士冷静地说，“我什么都不需要。”

“可是，先生，您怎么应付将来发生的事呢？”

“该怎么办就怎么办。”福格说。

“不过，”阿妩达夫人又说，“像您这样的人不会倒霉的。您的朋友们……”

“我没有朋友，夫人。”

“您的亲戚呢……”

“我也没有亲戚。”

“那我真为您难过，先生，因为孤独是一件很让人难过的事。怎么！没有一个人为您分忧吗？人们不是说，一份痛苦两人分担就是半份痛苦嘛！”

“他们是这么说的，夫人。”

“福格先生，”阿妩达夫人说着站了起来，把手伸给福格，“您愿不愿意同时得到一位亲人和朋友呢？您愿不愿意让我做您的妻子呢？”

福格听到这句话也站了起来。他的眼睛里闪着一种异样的光彩，嘴唇也有些颤抖。阿妩达夫人看着他。这位尊贵的夫人美丽的眼中流露出诚恳、直率、坚定和温柔，为了这位救命恩人，她什么都愿意。福格起初有些震惊，然后就被这目光融化了。他闭上了眼睛，好像要避开阿妩达夫人的视线，不让它们进入他的内心把他看透……但当他睁开眼睛时，他只说了一句话：

“我爱你！是的，真的，在世界上最神圣的真主面前，我发誓，我爱你，我完全属于你！”

“噢！……”阿妩达夫人把手放在胸口激动地叫道。

万事通听到屋子里的铃声后马上走了进来。福格的手仍然握着阿妩达夫人的手。万事通什么都明白了，他宽宽的脸庞涨得红红的，像赤道地区高空中的红日，高兴地焕发着光彩。

福格问万事通现在去通知玛丽-勒-伯纳区的萨米埃尔·威尔逊神父举办婚礼是不是太晚了。

万事通笑成了一朵花。

“绝对不晚。”他说。

现在才八点零五分。

“但是婚礼要等到明天举行，明天是星期一！”他说。

“明天星期一可以吗？”福格看着阿妩达夫人问。

“好的，那就明天星期一吧！”阿妩达夫人回答。

万事通一出门，就撒开腿飞快地跑了起来。

第三十六章

“福格”股在股市又有了价值

12 月 17 日，在爱丁堡，那个叫詹姆斯·斯特朗的窃贼被缉拿归案。这里需要说明一下，在真正的银行窃贼被抓之后，英国舆论产生了哪些变化。

就在三天前，福格还是警察追踪的疑犯，而现在他又变成了最正直的绅士，一个要精确无误地完成不可思议的环球旅行的绅士。

看看报纸上都是什么反应吧！那些打赌者本来已经忘了这件事，现在不管是支持福格的还是反对福格的，所有的人又奇迹一样的重新出现了。所有的赌约又重新生效了。所有的活动又开始了。而且，这次的赌博比上一次更疯狂。福格的名字重新在市场上产生了价值。

在这三天里，福格在改良俱乐部的五位赌友真是忧心如焚。这个已经被他们遗忘的福格又重新出现在了他们的视线里！他现在在哪里呢？12 月 17 日詹姆斯·斯特朗被捕那天，是福格出发后的第七十六天。此后，再没有他的任何消息了！他服输了吗？他放弃这次打赌了，还是在继续按预定路线完成这次旅行呢？12 月 21 日，星期六晚上八点四十五分，福格会像“精确之神”一样准时出现在改良俱乐部的大厅门前吗？

这三天里英国人有多么焦躁不安，我们在这里不再赘述。有人往美国和亚洲发电报询问福格的消息！有人派专人去塞维尔街观察福格家的动静……可是什么也没发现。连警察局也不知道那个不幸跟踪假窃贼的侦探菲克斯到哪里去了。但是这些都不影响人们重新拿这件事打赌，更多的人加入了进来。福格就像一匹赛马，已经跑到比赛的最后一圈了。福格的赔率已经不是1:100了，而是1:20、1:10，甚至1:5，那个瘫痪的老人洛德·阿尔贝马勒甚至以1:1的价格买进这种股票。

就这样，星期六晚上，宝玛尔大街和附近的几条街上都挤满了人。改良俱乐部周围也挤满了一群群经纪人。交通完全堵塞了。大家在讨论、争吵，叫喊着“费雷亚斯·福格”股的牌价，就像买卖其他股票一样。警察再也无法维持秩序，时间越是接近福格应该到达的期限，人们就越激动。

这一天晚上，福格那五位赌友从上午九点钟开始就聚集到了改良俱乐部的大厅。那两个银行家叙利旺和法郎丹，工程师斯图尔特，英国银行董事拉尔夫和啤酒批发商弗拉纳甘都来了，他们焦急地等待着。

当大厅的钟指向八点二十五分的时候，斯图尔特站了起来，说道：

“先生们，二十分钟以后，福格和我们之间定的期限就到了。”

“从利物浦开出的最近一班火车几点钟到？”弗拉纳甘问。

“七点二十三分，”拉尔夫回答，“下一趟车要到晚上十二点十分才到。”

“好吧，先生们，”斯图尔特又说，“如果福格坐这趟七点二十三分到达的火车，他现在肯定已经到了，可是他没有来。所以，可以说我们已经赢了。”

“等等，先不要这么说，”法郎丹说，“要知道我们这位会友一向都是最难以捉摸的人。他的准时是有名的。他从来都不晚来也不早到，如果他在最后一分钟出现,我一点儿也不会吃惊。”

“我说呀,”斯图尔特说,他和往常一样显得很紧张,“依我看,我不相信他会准时到。”

“事实上,”弗拉纳甘又说,“福格的日程安排得十分紧密。他不管怎么准时,都不能避免意外导致的延误,只要耽误两天或三天,他的整个旅程就会全被打乱。”

“而且,你们注意到了吗,”叙利旺插话说,“我们没有一点儿他的消息,而他沿途都有电报局。”

“他输了,先生们,”斯图尔特又说,“他输定了!你们看,他可以乘坐的唯一一艘能按时到达利物浦的轮船昨天已经到了。这是《航运报》上刊登的乘客名单,费雷亚斯·福格的名字不在其中。就算他运气再好,我们的这位朋友顶多也就是才到美洲!我估计他至少要比预定时间晚到二十天,那个瘫痪的老洛德·阿尔贝马勒也少不了会赔上五千英镑!”

“很显然,”拉尔夫说,“我们只需明天去巴林兄弟的银行拿福格的支票就行了。”

这时大厅的钟已经指着八点四十分了。

“还有五分钟。”斯图尔特说。

这五个会友面面相觑。可以想象,他们此刻的心跳肯定有些加速。毕竟,即便是对于赌场高手,这一次的赌注也太大了!然而,他们都克制住自己内心的激动,表面上不露声色。在法郎丹的建议下,大家坐在了一张赌桌旁。

“即使有人愿意给我三千九百九十九英镑,”斯图尔特坐下说,“我也不愿意输掉我那四千英镑!”

这时大钟的指针指着八点四十二分。

大家开始玩牌,但是,他们的眼睛却时刻盯着那个钟。虽然他们对获胜充满信心,但是,他们从来没有觉得一分钟有这么长过!

“八点四十三分了。”弗拉纳甘一边接过拉尔夫递给他的牌一边说。

接下来大家一阵沉默。宽大的俱乐部大厅里鸦雀无声。但是,在俱乐部外面却是人声鼎沸,时而还传来几声尖叫。大厅里的钟摆精确地计算着一秒一秒的流逝。屋里每一个人甚至都能听到钟摆震动着他们耳膜的声音。

“八点四十四分!”叙利旺说,他的声音里有一种克制不住的激动。

再过一分钟,他们就赢了。斯图尔特和其他人都不打牌了。他们已经放下了手中的牌!他们在数着秒数!

在第四十秒的时候,仍然没有福格的影子。第五十秒,还是没有!

在第五十五秒的时候,他们忽然听到外面传来雷鸣般的掌声,还有欢呼声和咒骂声,这些喊叫声一阵高过一阵。

这几个牌友都站了起来。

就在第五十七秒,俱乐部的大门开了,还没等大钟的钟摆敲打第六十秒,费雷亚斯·福格已经出现了,身后跟着一大群狂热的人群,大家蜂拥而入。只听福格用他那平静的声音说:

“先生们,我回来了。”

第三十七章

福格的这次环球旅行除了幸福什么也没得到

是的！就是福格本人。

大家还记得吗，在晚上八点零五分的时候——乘客们到达伦敦二十五小时以后，万事通奉命去找萨米埃尔·威尔逊神父，告诉他福格要在第二天举行婚礼。

万事通出了门后，十分高兴。他飞奔着来到萨米埃尔·威尔逊神父的住处，神父还没回家。很自然，万事通就在那里等他。但是他至少等了二十分钟，仍然不见神父回来。

当他从神父家里出来时刚好是八点三十五分。看看他的样子吧！蓬头垢面，连帽子都没有戴，他一直跑呀、跑呀，你从来没见过跑这么快的人，他见人就撞，简直像是一阵龙卷风在人行道上刮过！

只用了三分钟，他就回到了塞维尔街福格的家。他一进福格的房门，就一下子摔倒在地上了，气都没喘过来。

他连话都说不出来了。

“发生什么事了？”福格问他。

“主人呀……”万事通结结巴巴地说，“婚礼……不能举行了。”

“不行?”

“不行……明天。”

“为什么?”

“因为明天……是星期天!”

“是星期一。”福格说。

“不……今天……星期六。”

“星期六?不可能!”

“是的,是,是,是星期六!”万事通叫道,“您算错了一天!我们提前了二十四个小时到,但是现在只剩下十分钟了!……”

万事通一把抓住主人的领子,使出了浑身的力气把主人拖了出去。

费雷亚斯·福格还没来得及仔细想,就这样被拽出了他的房间、他的家,他们跳上一辆马车,许给车夫一百英镑让他快开,在轧死两条狗、撞翻了五辆车后,福格终于来到了改良俱乐部。

当他出现在大厅的时候,大钟正好指着八点四十五分……

费雷亚斯·福格在八十天的时间里完成了这次环球旅行!……

费雷亚斯·福格赢得了两万英镑!

可是这个如此精确、如此细心的人怎么会算错了一天呢?当他在出发后第六十九天,12 月 20 日星期五晚上到伦敦时,怎么会以为这天是 12 月 21 日星期六呢?

原因是这样的。这其实很简单。

费雷亚斯·福格在他的旅行中不自觉地为自己多赢得了一天的时间。这是因为他的环球旅行一直是朝东走的,如果他朝反方向也就是朝西走的话，他就会少一天的时间。

这是因为，福格朝东走时，是迎着太阳升起的方向走的，那么，他朝东每走过一个经度，就等于提前四分钟看到太阳。地球一共有三百六十条经线，三百六十乘以四分钟，就刚好是二十四小时——也就是说，他不知不觉地为自己多赚了一天的时间。换句话说，在福格朝东走的时候，当他看到第八十个日出时，他在伦敦的会友们才只看到了第七十九个日出。这就是为什么这一天不是福格认为的星期天，而是改良俱乐部的会友们在大厅等他的星期六。

这还是万事通那个珍贵的大表——那个一直保持着伦敦时间的大表——发现了这个错误，这个表既显示分钟和小时，又显示星期！

这样，费雷亚斯·福格就赢得了那笔两万英镑的赌注。但是由于他在路上已经花掉差不多一万九千英镑了，他现在的钱已经所剩无几了。不过，我们也说过了，这位不同寻常的绅士打这个赌并不是为了赢钱，只是为了挑战。而且，剩下的那一千英镑他都分给了忠诚的万事通和那个不幸的菲克斯，福格实在无法怨恨这个侦探。只不过，按照他的一板一眼的脾气，他从万事通的费用里扣除了那笔因为大意而花掉的一千九百二十小时的煤气费。

当天晚上，福格依然不动声色地、无比冷静地对阿妩达夫人说：

“夫人，您仍然同意我们的婚事吗？”

“福格先生，”阿妩达夫人回答，“应该是我问这个问题。您原来破产了，现在又富有了……”

“原谅我吧，夫人，这笔财产也属于您。如果不是您提出这个婚事，我的仆人也不会去找萨米埃尔 · 威尔逊神父，我也就不会知道我算错了日子，那么……”

“亲爱的福格先生……”阿妩达夫人说。

“亲爱的阿妩达……”福格也说。

四十八小时之后婚礼如期举行。万事通真是神气极了，他容光焕发、神采奕奕，为阿妩达夫人做了证婚人。不就是他救了阿妩达夫人吗？谁会说他没有这个荣幸呢？

只是，第二天，天边才刚泛起鱼肚白，万事通就去砰砰砰地猛敲主人的房门。

“怎么了，万事通？”

“是这样，先生！我只是刚才才想明白……”

“什么？”

“我们的环球旅行只用七十九天就够了。”

“也许吧，”福格说，“如果不走印度的话。但是，如果不走印度，我就不会搭救阿妩达夫人，她就不会成为我的妻子，那么……”

福格说到这里，轻轻关上了房门。

费雷亚斯·福格就这样赢了这场打赌。他在八十天的时间里完成了环球旅行！他试遍了所有的交通方式，轮船、火车、马车、快艇、商船、雪橇、大象。这位非凡的绅士在旅行中表现出了他超乎寻常的冷静和守时。可是之后呢？他这番长途跋涉赢得了什么呢？他从这次旅行中得到了什么呢？

你可能会说，什么都没有？是的，什么都没有，除了那个迷人的女士，那个让福格成为世界上最幸福的人的美丽女子。尽管这好像不太真实。

说真的，人们真的不能用更短的时间环游地球吗？

经典译林

Yilin Classics

书名	单价	书名	单价
癌症楼	78.00 元	艾青诗集	35.00 元
爱的教育	39.00 元	爱丽丝漫游奇境	29.00 元
安娜·卡列尼娜	65.00 元	安徒生童话选集	42.00 元
傲慢与偏见	36.00 元	奥德赛	92.00 元
八十天环游地球	32.00 元	巴黎圣母院	42.00 元
白洋淀纪事	39.00 元	百万英镑	35.00 元
包法利夫人	38.00 元	悲惨世界（上、下）	98.00 元
背影	28.00 元	被侮辱与被损害的人	39.00 元
边城	36.00 元	变色龙：契诃夫中短篇小说集	39.00 元
变形记 城堡	38.00 元	草叶集：惠特曼诗选	39.00 元
茶馆	32.00 元	茶花女	35.00 元
查拉图斯特拉如是说	38.00 元	沉思录	29.00 元
城南旧事	29.00 元	大卫·科波菲尔（上、下）	79.00 元
当代英雄	45.00 元	稻草人	29.00 元
地心游记	32.00 元	飞鸟集·新月集：泰戈尔诗选	39.00 元
飞向太空港	39.00 元	福尔摩斯探案集	58.00 元
复活	42.00 元	傅雷家书	49.00 元
富兰克林自传	36.00 元	钢铁是怎样炼成的	39.00 元
高老头	39.00 元	格列佛游记	35.00 元
格林童话全集	49.00 元	给青年的十二封信	38.00 元

书名	单价	书名	单价
古希腊悲剧喜剧集（上、下）	118.00 元	海底两万里	38.00 元
红楼梦	55.00 元	红与黑	49.00 元
呼兰河传	35.00 元	呼啸山庄	39.00 元
基督山伯爵（上、下）	108.00 元	纪伯伦散文诗经典	42.00 元
寂静的春天	35.00 元	假如给我三天光明	32.00 元
简·爱	39.00 元	金银岛	35.00 元
经典常谈	29.00 元	荆棘鸟	45.00 元
静静的顿河	128.00 元	镜花缘	49.00 元
局外人·鼠疫	38.00 元	菊与刀	35.00 元
克雷洛夫寓言	32.00 元	宽容	32.00 元
昆虫记	39.00 元	老人与海	32.00 元
理想国	45.00 元	聊斋志异	55.00 元
列那狐的故事	39.00 元	猎人笔记	38.00 元
林肯传	39.00 元	鲁滨逊漂流记	39.00 元
鲁迅杂文选集	36.00 元	绿山墙的安妮	36.00 元
罗马神话	16.80 元	罗生门	39.00 元
骆驼祥子	32.00 元	美丽新世界	35.00 元
名人传	39.00 元	拿破仑传	49.00 元
呐喊	29.00 元	牛虻	38.00 元
欧·亨利短篇小说选	36.00 元	欧也妮·葛朗台	32.00 元
彷徨	32.00 元	培根随笔全集	38.00 元
飘（上、下）	88.00 元	普希金诗选	42.00 元
骑鹅旅行记	36.00 元	乞力马扎罗的雪	39.80 元
热爱生命·海狼	38.00 元	人间草木：汪曾祺散文精选	49.00 元

书名	单价	书名	单价
人类群星闪耀时	36.00 元	人性的弱点	39.00 元
日瓦戈医生	68.00 元	儒林外史	42.00 元
三个火枪手	59.00 元	三国演义	59.00 元
沙乡年鉴	42.00 元	莎士比亚喜剧悲剧集	49.00 元
少年维特的烦恼	28.00 元	神秘岛	48.00 元
神曲（共三册）	128.00 元	十日谈	68.00 元
世说新语（上、下）	89.00 元	双城记	45.00 元
水浒传	69.00 元	四世同堂（上、下）	78.00 元
苔丝	39.00 元	谈美	35.00 元
谈美书简	36.00 元	汤姆·索亚历险记	32.00 元
汤姆叔叔的小屋	45.00 元	唐诗三百首	39.00 元
堂吉诃德	78.00 元	天方夜谭	42.00 元
童年	38.00 元	童年·在人间·我的大学	49.00 元
瓦尔登湖	36.00 元	我是猫	39.00 元
乌合之众	35.00 元	物种起源	42.00 元
雾都孤儿	44.00 元	西顿野生动物故事集	38.00 元
西游记	48.00 元	希腊古典神话	49.00 元
乡土中国	36.00 元	小妇人	45.00 元
小王子	29.00 元	星星离我们有多远	35.00 元
喧哗与骚动	58.00 元	羊脂球	38.00 元
一九八四	36.00 元	一间自己的房间	36.00 元
伊利亚特	82.00 元	伊索寓言：555 则	36.00 元
尤利西斯	58.00 元	约翰·克利斯朵夫（上、下）	98.00 元
月亮和六便士	45.00 元	战争与和平（上、下）	108.00 元

书名	单价	书名	单价
朝花夕拾	22.00 元	中国民间故事	39.00 元
子夜	49.00 元	最后一课	36.00 元
罪与罚	66.00 元